職轉生
到了異世界
就拿出真本事
8
Rifujin na Magonote
理不尽な孫の手
Kadokawa Fantastic Novels

札諾巴
魯迪烏斯
茱麗葉特

菲茲
莉妮亞
普露塞娜
人物介紹

「魯迪烏斯・格雷拉特」
人物年表
People chronology

甲龍曆407年

在阿斯拉王國菲托亞領地的布耶納村中，作為父親保羅和母親塞妮絲的長男誕生於世。三歲時，父母安排洛琪希・米格路迪亞擔任家庭教師。五歲時成為水聖級魔術師，並教導擁有長耳族血統的希露菲葉特使用魔術。

七歲時，被菲托亞領地的領主招聘為家庭教師，負責教導領主的孫女艾莉絲・伯雷亞斯・格雷拉特魔術、算術，以及讀寫。

甲龍曆414年

發生轉移事件，和艾莉絲一起被轉移到魔大陸上。讓斯佩路德族的瑞傑路德・斯佩路迪亞加入同伴，並在途中成為冒險者，踏上從魔大陸前往中央大陸的旅程。

甲龍曆417年

十三歲時，和瑞傑路德別離，把艾莉絲送回菲托亞領地後，為了尋找下落不明的家人而動身前往中央大陸北部，並以A級冒險者「泥沼的魯迪烏斯」之身分打響名號。

甲龍曆419年

旅程途中，在米里斯神聖國和父親保羅，妹妹諾倫重逢。此外，還在西隆王國救出被囚禁的姨娘莉莉雅以及同父異母的妹妹愛夏。

甲龍曆420年

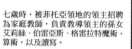

無職轉生 ⑧

到了異世界就拿出真本事

理不尽な孫の手
Rifujin na Magonote
插畫：シロタカ

Kadokawa Fantastic Novels

無職轉生～到了異世界就拿出真本事～⑧

CONTENTS

第八章 青少年期 學園篇（前）

序章「泥沼的冒險者」 10

第一話「推薦函」 32

第二話「入學考試」 66

第三話「入學第一天」 93

閒話「希露菲葉特1」 149

第四話「學園生活開始」 174

第五話「力有未逮 前篇」 191

第六話「力有未逮 後篇」 205

第七話「獸族大小姐綁架監禁事件 前篇」 235

第八話「獸族大小姐綁架監禁事件 後篇」 262

閒話「希露菲葉特2」 295

終章 305

外傳「莱麗葉・禮儀」 317

「若想求苦，就往前行；如要尋樂，另去他方。」

——True prosperity is ahead of the pain.

著：魯迪烏斯・格雷拉特
譯：金恩・RF・馬格特

第八章　青少年期　學園篇（前）

序章「泥沼的冒險者」

魔力災害。

通稱為「菲托亞領地轉移事件」的這場災害之後過了五年。

領主紹羅斯・Ｂ・格雷拉特死亡。

他的兒子，要塞都市羅亞市的市長菲利普・Ｂ・格雷拉特以及其妻子也死亡。

而且這些報告過後不久，菲利普的女兒艾莉絲・Ｂ・格雷拉特也被報告已經死亡。

因此，大流士・席爾巴・賈尼烏斯上級大臣中止對搜索菲托亞領民的相關資金援助。儘管還有人以個人身分繼續搜索活動，然而菲托亞領地搜索團實質上已經解散，難民營也把經營重心從搜索改為開拓。

如此這般，對阿斯拉王國而言，轉移事件已經落幕。

然而對當事者來說，卻是什麼都還沒有結束。

★
★
★

甲龍曆四二二年。

這裡是位於中央大陸西北部的巴榭蘭特公國。

巴榭蘭特公國是魔法三大國之一，在北方大地也是數一數二的大國。

這國家的第三都市名為丕平。

一名逗留於此城鎮的男子，正是這次要貼身報導的冒險者……

人稱「泥沼」。

他在轉移事件中被傳送往遠方，是後來雖然花了數年回到菲托亞領地，卻因為目睹當地慘狀而嚐到絕望滋味的眾多受災者之一。

為了尋找被轉移的家人，他移動到中央大陸北部——通稱「北方大地」的地區，以冒險者的身分在各國展開地毯式搜索。

泥沼的一天很早開始。

虔誠的他會在太陽完全升起前就起床，對神禱告。

靜靜地對著安奉在小箱子裡的神佛獻上祈禱。

那東西並非來自米里斯教團。看在米里斯教團的眼裡，大概會感到不快吧。

然而泥沼祈禱的身影卻顯得非常真摯。

結束晨禱後，泥沼接下來會進行訓練。他換上便於行動的服裝，沿著像是要繞行城鎮一周的路線跑步。身為冒險者，是體力為他撐起根基。

泥沼表示：

「我雖然是魔術師，但更基本的身分是冒險者。要是在關鍵時刻動彈不得，根本沒辦法吃這行飯。」

約一小時的練跑結束後，他會進行據說在故鄉代代相傳的獨特訓練。

那是在巴榭蘭特公國未曾見過的訓練方式。

首先把臉朝下趴在地上，然後利用雙臂撐起身體，他會重複這個動作一百次以上。接下來換成臉朝上躺著的姿勢，再做出抬起上半身的動作，同樣是一百次。最後是重複先蹲下後站起的動作一百次。

他說，自己每天都會進行這些訓練，毫無間斷。

「因為肌肉會嫉妒。要是沒有每天照顧，它們會鬧起彆扭，就跟女人一樣……不過，肌肉和女人還是有不同之處，它們不會突然離我而去，也不會背叛。對吧，浩克、赫拉克勒斯？」

幫自己的手腳取名並進行鍛鍊的泥沼笑著這樣說。

然而，他的笑容看起來似乎有點寂寞。

到了他做完晨間運動的時間，城鎮將會清醒。

泥沼前往位於旅社一樓的餐廳，他是要去吃早餐。

據說冒險者的平均食量是一般人的兩倍或三倍。不過因為北方大地的食物較貴，其中也有些人會克制食量。

然而泥沼不同，他吃得很多。

他會吃下堆積如山的米飯加豆子料理，分量是一般冒險者的一點二倍。

早餐確實吃飽是他的力量來源。

吃完早餐後，他移動到冒險者公會——城中粗暴分子們的聚集地。

只要泥沼走進公會，眾人的視線都會集中到他身上。

泥沼沒有固定的隊伍。他的作風是根據狀況組成臨時隊伍，並承接較大型的委託。

身為優秀的魔術師，很多隊伍需要泥沼。

今天也有個S級冒險者隊伍的隊長找他搭話。

「喂，『泥沼』，你聽說了嗎？北方似乎出現脫隊的落單赤龍！」

這個人是S級冒險者，佐爾達特・黑克勒。

他擁有北方大地出身者特有的深邃五官，是習得劍神流上級與水神流中級的劍士，也是這一帶有名的冒險者之一。

他率領的冒險者隊伍「Stepped Leader」隸屬於活躍範圍遍及巴榭蘭特公國全土的集團(Clan)「Thunderbolt」旗下，是主要從事迷宮探索，偶爾也會承接討伐委託的武鬥派隊伍。

「Stepped Leader」由六名成員組成。

兩名劍士，一名戰士，兩名治癒魔術師，一名攻擊魔術師。

原本是七人隊伍，但是在一名魔術師因為意外事故死亡之後，現在缺少攻擊火力。

「我說『泥沼』，你差不多可以正式加入我們隊伍了吧？你待在隊伍裡應該也不會感到不快吧？」

佐爾達特有時候會像這樣招攬泥沼。

然而泥沼從來不曾點頭答應。

「不了，因為在這裡打出名號後，我過一陣子就會前往下一個國家。」

泥沼有特定的目的。

是要尋找家人……他的母親。

不過，泥沼心知肚明。轉移事件至今五年，不可能那麼簡單就找到一個不曉得身處廣闊世界哪個角落的人。

因此，他才會一邊推銷自己的名聲，同時慎重地一個國家一個國家慢慢尋找。

仔細周密地找遍每一國的各個角落，避免有所遺漏。

他的意圖是只要自己出了名，說不定家人那邊會主動前來聯絡。

「啊，不過討伐脫隊龍這檔事我會參加。」

泥沼接受工作的委託。如果能成功打倒赤龍，聲名就會大噪，符合他的目的。

他們立刻前往櫃台，登記為隊伍。

「是說，該不會只有我們吧？其他有哪些隊伍參加呢？」

「我正要開始募集……不過這是久違的大案子，大家應該都充滿幹勁吧。」

討伐龍的任務通常由多個隊伍一起進行，單一隊伍去挑戰是自殺行為。

這次的赤龍討伐有五個隊伍表明要參加。

S級隊伍「Stepped Leader」。

A級隊伍「Rod Knights」。

A級隊伍「鐵塊兵團」。

A級隊伍「Cave A Mondo」。

A級隊伍「醉漢的胡言亂語」。

總共二十五人。

進行討伐龍的委託時，一般認為若想萬全，最好要有七支隊伍以上，也就是將近四十人的參加成員。

所以目前的數字算是有點少。

「喂喂，對象是赤龍耶！明明這是一口氣發大財的機會，為什麼人這麼少！而且大家都是A級，S級的人跑哪裡去了？」

「聽說前些日子在東邊發現迷宮，大家大概都去那邊看看樣子了吧？」

佐爾達特顯得很焦躁。再這樣下去，討伐脫隊龍的任務很有可能會流標。

在這種狀況下，一名男子邊嘆氣邊開口說道：

「……我們要退出，這樣實在不可能打贏。」

「Cave A Mondo」的四人退出，現在剩下二十一人。

這個人數太嚴苛了，再怎麼看都只能解散。

當所有人都這樣認為時，佐爾達特獨排眾議。

「好，如果是二十一個人，大家都可以分到大筆報酬！」

儘管每個人都感到不安，卻沒有人反對領導者的意見。

這二十一個人在北方大地的貧瘠土地上步行移動。

路上有一層薄薄積雪，樹上的葉子都掉了，樹枝則妝點著雪白。漫長的冬天即將到來。

「泥沼，麻煩你偵查。」

「嗯。」

聽到佐爾達特的指示，泥沼用魔術製造出一根柱子。

他是要站在柱子上眺望四周。泥沼用自己的雙眼進行觀察，把周圍狀況傳達給眾人。赤龍身體巨大，只要像這樣定期偵查，基本上不會看漏。

「唔。」

哎呀？

泥沼似乎發現了什麼。

「兩點鐘方向有一大群拉斯塔熊，在雪地上激起好大一片白煙！」

「有幾隻？」

「八……不，有十隻！牠們已經注意到我們！直直朝著這邊前進！速度很快！」

這些拉斯塔熊並不是這次的目標。

對於預計以少人數討伐赤龍的他們來說，沒有和其他魔物戰鬥的餘力。

然而碰到災禍降臨，不管怎麼樣還是得處理。

「所有人散開！泥沼，快點下來，支援就交給你了！」

「了解！」

在佐爾達特的號令下，四支隊伍散開。他們以包圍陣形在此處埋伏，準備迎戰應該會整群衝過來的熊型魔物。

「泥沼！」

「好！」

聽到佐爾達特的命令，泥沼開始行動。

他前方瞬間出現具備高度黏性的泥坑。

正如「泥沼」這個別稱，他很擅長能製造出泥沼的魔術。多達十幾隻的拉斯塔熊群被突然在眼前出現的泥巴絆住腳，動作也因此變慢。

「趁現在！」

冒險者們同時發動襲擊。

高層級的他們施展出銳利攻擊，接二連三砍殺魔物。

下手毫不留情。因為要是沒有確實殺死敵人，接下來死的就會是自己。在這種常識下，拉斯塔熊轉眼之間就遭到殲滅。

但是就在只剩下幾隻的時候，有個人注意到一件事。

「喂！是赤龍！赤龍過來了！」

「原來拉斯塔熊是在逃離牠嗎！嗚喔喔！」

是赤龍。

和龍群分散，落到地上的中央大陸最強生物。

牠的獵物是拉斯塔熊群。

「喂！泥沼！這是怎麼一回事！你該不會是偷懶吧！」

「是因為被熊群激起的白煙遮住所以沒看到！」

面對赤龍，冒險者束手無策地遭到蹂躪。他們原本打算從遠方找出赤龍然後發動奇襲，現在卻在毫無準備的狀況下反過來遭到對方奇襲。

根本毫無勝算。

「可惡！撤退啊！撤退！」

雖然赤龍是在空中飛行的生物，卻擁有強韌的四肢，實際動作比外觀印象更加輕快。

即使墜地，龍依舊是非常強大的生物。

儘管這些冒險者們很經驗老道，但是要在混亂至此的狀況下從龍身上贏得勝利，還是非常困難。

「我會製造煙幕！請大家分散逃走！」

泥沼在混亂的現場展開行動。

「『濃霧』！」

他十分冷靜。

泥沼用熟練的動作施展火魔術，融化周圍的積雪，製造出水蒸氣形成的牆壁。這是利用大自然來臨時製造出的煙幕，老練的魔術師會像這樣來欺騙敵人的眼睛。

然而脫隊龍很狡猾，也擁有智慧，至少知道首先該排除最具威脅性的敵人。

泥沼被盯上了。

「……嗚！」

他開始逃跑。

逃往和同伴相反的方向……一旦自己被盯上，就要利用這點讓同伴能夠逃走。這是他的任務。

泥沼的動作很敏捷。他沒有停下腳步，戲弄著赤龍。

每天早上的訓練發揮出效果。他很清楚，持續行動持續逃走正是活下去的祕訣。
失去耐性的赤龍口中燃起火焰。
火焰被吐出，周圍瞬間被烈火包圍。
這是赤龍的必殺技，火焰氣息（Fire Breath）。要是被直接擊中，任何生物都會被燒成灰燼。
泥沼死了嗎？
……不，他還活著。泥沼迅速回過身子，製造出巨大的水牆。
接著撞開冉冉上升的水蒸氣，繼續行動。
泥沼毫不在意殘餘的火焰燒焦了長袍的邊緣，製造出岩石砲彈。
高速射出的砲彈打穿赤龍的鱗片。
「嘎喔啊啊啊啊！」
砲彈接二連三射出。赤龍閃過其中幾個，但是，牠無法閃過所有以高速擊出的砲彈。
赤龍立刻回過身子，試圖逃跑。
赤龍是聰明的生物。
牠很快就理解到渺小的泥沼擁有強大的攻擊力。
泥沼並沒有追上去，難道他要放過最佳的獵物嗎？
正當人們如此認為，下一瞬間——
「咕嘎啊啊啊啊啊啊！」

赤龍的咆哮聲響遍附近一帶。

原來是在赤龍逃走的方向有一個泥坑，牠已經陷入具備高度黏性的泥漿裡。泥沼送出更多魔力。

赤龍不斷亂動試圖逃出泥坑，周圍的泥巴卻產生更強烈的黏性。

「喔喔，真的中招了……」

泥沼似乎很意外地低聲嘟囔，然後把巨大的岩塊擊向還在掙扎的赤龍。

四散逃走的冒險者們都回來了。

「哎呀，泥沼，你真的很強……」

「不愧是在魔大陸上闖蕩過的。」

「雖然我本來就覺得你很行，但沒想到你居然能打倒赤龍。」

同伴們紛紛稱讚泥沼。

泥沼謙虛回應，他不會驕傲自大。因為他知道傲慢會造成人際關係產生摩擦。

「因為對方也已經快死了。不，就算是那樣，我也沒想到可以一個人打倒赤龍。總之比起這種事，大家一起來搬運赤龍的屍體吧，能搬多少就搬多少。」

然後，他會很慷慨地把自己的功勞均分給他人。

靠著這種做法，他的名聲傳遍全國。

「真的可以嗎？這幾乎是你一個人的功勞啊。」

「不……反正我一個人也帶不回去，丟在這裡只會被魔物吃掉。等大家盡量拿完之後，剩下的部分我會全部燒燬。因為萬一變成殭屍龍可就麻煩了。」

就這樣，泥沼的一天結束了。

實際上光是往返赤龍所在位置的路程就花了大約七天，不過泥沼的一天還是就此結束。

今天的收穫是赤龍的素材，鱗片、骨頭、龍肉。

泥沼賣掉數量多到能讓他大賺一筆的素材，帶著飽飽的荷包，準備回床睡覺。他先在酒館吃了算是比早餐還克制點的晚餐，才回到自己的房間。

「今天一天也非常感謝。」

虔誠的泥沼會在一天的最後，感謝神保佑自己平安無事地度過一天。

這個儀式看在不知情的人眼裡，應該會顯得很奇異吧。然而對他來說，這是非常重要的事情。

如此這般，泥沼的一天結束，明天起又要開始尋找家人的生活……

★魯迪烏斯觀點★

那是某天晚上發生的事情。

我在酒館裡一如往常地吃著晚餐。

當然只有一個人。吃飯就是要一個人，這是所謂孤獨又充實的情境。我才不會感到寂寞，因為我討厭成群結黨的行為。

「就在這時候！赤龍出現了！」

在酒館的舞台上，有三名吟遊詩人拿著樂器在演奏。

一個人站在前方以響亮的聲音述說故事，另外兩人配合他演奏背景音樂或是加入效果音。

吟遊詩人，這是在酒館舞台等地方演奏唱歌或彈曲說書以賺取打賞的職業。

在比較大的城鎮，據說也會和劇場等地締結專屬合約。

然而不光是這樣。

冒險者裡也有相當多人的職業是「吟遊詩人」。

他們會把自己和其他冒險者一起旅行的過程寫成詩歌，或是找經歷過有趣冒險的人探聽詳情並改寫成冒險譚，總之是一種把冒險的經驗和花絮直接拿來作為生財工具的人們。

冒險者和吟遊詩人十分相合。

此外，在沒有著作權的這個世界裡，把別人的詩歌改編成自己版本的行為是家常便飯。還會帶著各自擁有的歌曲聚在一起，互相提出意見來讓詩歌進化或合併成一首歌。

其中也有擅長不同樂器的好幾個人一起組隊，形成樂團後在世界各地旅行的傢伙。當然就算是這樣的隊伍，也多少具備能對抗魔物的技能。

會唱歌跳舞還能戰鬥的冒險者，這就是這世界的吟遊詩人。

像現在站在舞台上的三個人，我偶爾也會在冒險者公會裡看到他們。

記得應該是C級的隊伍。

隊伍名是「Big Voice 樂團」。

是個帥氣名稱，可以看出想要變成大人物（Big）的意志。

話雖如此，才能方面似乎不怎麼樣，他們自己創作的歌曲並不受歡迎。

不過就算不受歡迎，這些傢伙好像還是有繼續創作活動。我也有受到採訪，問了各種關於之前討伐任務的事情。

他們正在演唱的歌曲，就是統整訪談後創作的冒險譚。

這就是所謂的「試著唱唱看」的行為吧。

……好像不太對。算了，怎樣都好。

我從生前就對音樂一竅不通。以前曾經想用某 CALOID 製作歌曲，但一瞬間就遭受挫折。

在那之後，我一直宣稱自己會的樂器只有屁鼓。

不過說是會，其實我是被當成屁鼓來敲的那一邊。

也罷，這事先放一邊去。

只參考從我這邊聽來的經歷就寫出故事，還拿來彈唱。

這是我辦不到的事情。

就算沒有才能，也該認同他們的創作性吧。
順便說一下，這些人在表演我的冒險歌謠時，採用了每個村子裡總會有一個的講古老爺爺的那種語調，所以呈現出紀錄片節目的風格。
因此，以我個人來說會覺得聽起來很有趣。
不過作為表演的曲目，這種平淡的敘事語氣看來果然不受好評。已經有人喝著倒彩抱怨無聊，要他們換別首表演。
曲目中的主角也在場啊，真是過分的行為，喂喂。
當我正這樣想時。

磅！

酒館的大門突然被推開。
冷風灌進室內，視線聚集，身體發抖。
「我總算找到你了！『泥沼』的魯迪烏斯！」
門口站著一個髮型活像是法國長棍麵包的長耳族。
雖然服裝是冒險者風格，不過看起來還是有點像禮服。身後揹著行囊，腰間掛著劍和盾。
若要用一個詞來形容對方的長相，那就是「美女」。她擁有細長的雙眼，長長的雙耳，閃亮的金髮。

那苗條的身材與平坦的胸部，再加上一對長耳，完全是標準的長耳族。

她指出的對象是我，因此眾人的視線也集中在我身上。

「嘖……『泥沼』本人居然在場……」

先前喝倒彩的傢伙一臉苦悶，不過我當作沒看到。因為我這個人心胸寬大。

我回頭看向那個長耳族。

「終於被找到了嗎……」

我隨便回答，同時心想自己對這個人沒有印象。

這幾年來，我並沒有做出會招哪個人怨恨的行為。

而是在想辦法推廣名聲，也以「泥沼的魯迪烏斯」這名號打響知名度。

一直在幫助別人，避免衝突，注意著不能留下罵名。

這是我第一次被這種美女搭話，不過經常碰上陌生對象找自己道謝的狀況。

她一定也是那種……不對，我直覺否定這個推論。

「你正如傳言般引人注目，所以我很快就找到了。」

「妳剛剛不是才說過『總算』嗎？」

「因為我原本以為你在更東邊的地方。」

女性一邊回答，一邊用那雙美麗的眼睛凝視著我。

不知為何，她的嘴角滴下口水，又伸出舌頭舔掉。
是怎麼了，難道她對我一見鍾情嗎？
還是在垂涎這身最近變得頗為健碩的肉體？
哼哼，因為這陣子有稍微鍛鍊，而且現在處於發育期。所以長出肌肉，沒錯，就是肌肉。
「怎麼了嗎？」
「不不，沒什麼！」
長耳族女性嗯哼咳了一聲，在我身邊坐下。
酒館內一陣騷動。
甚至可以聽到四處都傳出「泥沼居然有女人」之類的發言。
這種狀況確實讓人震驚，沒想到我居然會擁有女人這種驚天動地的東西。
因為過度驚訝，感覺眼淚都快掉出來了。
「呼……」
她拿下行囊放到腳邊，把椅子靠了過來。
好近，總覺得距離很近。如果我是處男，這是會讓我誤以為這傢伙對自己有好感的場景。
哼哼，好險啊，小姐。要是被我迷上，妳可會燒傷喔。
「我的名字叫艾莉娜麗潔，艾莉娜麗潔．杜拉岡羅德。是你父親保羅之前的隊友——」
「噢。」

原來如此，是保羅的朋友嗎？

這下可以理解她為什麼在找我，大概是帶了什麼口信來吧。

「——還有，也是洛琪希的朋友。」

「咦！妳是老師的朋友嗎！老師她現在在哪裡？」

我把身子往前探。

許久沒從其他人口中聽到洛琪希的名字，所以我感到很興奮。

回想起來，這幾年只有對洛琪希的祈禱是我心靈上的支柱。

啊，我真想知道洛琪希現在怎麼樣了，又待在什麼地方。

「比起這事……」

艾莉娜麗潔並沒有回答我最想知道答案的這個問題，而是把嘴巴靠向我的耳邊，就像是要直接親吻身子往前探的我。

「我有聽說過……你幾乎是獨力打倒了脫隊龍。」

「呃……是啊，不過當時敵人已經瀕死。」

「讓人可以理解洛琪希為什麼會對你引以為傲。」

和赤龍的戰鬥並不能說是游刃有餘。

以這幾年承接過的冒險者委託來說，即使說那是最沒有餘裕的戰鬥，也不算過於誇大。

然而和之前與龍神奧爾斯帝德對峙時相比，壓力確實比較小。

聽說人類只要有某種能作為最低標準的比較對象，就會不可思議地冷靜下來。

「知道老師會對我引以為傲，總覺得胸口有點癢癢的感覺呢……是說，妳在摸什麼？」

「在摸你的胸肌啊，真是健壯呢。」

回神一看，艾莉娜麗潔的手正在我的上臂和前胸摸來摸去。

難怪會覺得癢。而且聽到別人稱讚自己健壯，當然也不會感到不快。

「哎呀？」

這時，艾莉娜麗潔的手指碰到某個物體。

是莉莉雅給我的項鍊墜子。

「哎呀，真是個不精緻但很可愛的東西呢。是什麼人送你的？」

「是我家的女僕。」

「女僕？她是長耳族乎？」

「咦，不，她不是……為什麼要問這個乎？」

不好，被她的語氣傳染了。

「不，其實也不是什麼大不了的事。」

艾莉娜麗潔以不是特別在意的態度，把自己腰間劍鞘上掛著的東西拿給我看。

是同樣造型的墜子。不過，製作得比我的精巧。

如果說我這個是業餘級的作品，她那個就是專業級的作品。

「我們一樣呢。」
艾莉娜麗潔一邊這樣說，一邊把身子依偎到我身上。
這是怎麼回事？從先前開始，彼此肢體接觸的次數就相當多。
「從剛才到現在，妳是在做什麼呢？該不會是喜歡我吧？」
「嗯，你是個好男人呢，超出我的預想。真讓人嚇了一跳，我原本還以為你會更孩子氣……實際上卻很健碩，好．帥．喔……」
我想她只是在戲弄我，不過還是有點心跳加速。
「呃……哈哈，大姊姊妳也很漂亮喔。」
哼哼，可是啊，我並不是那種被調戲一下就會驚慌失措的處男。
心裡這樣想的我伸手抬起她的下巴。
「嗯……」
結果，艾莉娜麗潔輕輕閉上眼睛。
這動作看起來就像是在等待一個吻。我以為只是在開玩笑，她卻伸手摟住了我的頭。
「…………咦？」
真的嗎？感覺很有那種氣氛，不過真的可以嗎？
我可以啾~~~~下去嗎？
當我這樣想的瞬間，艾莉娜麗潔突然睜大雙眼。

「哎呀，這樣不行。我真是的。」
「請不要耍我耍得太過分。」
「我才不會玩弄男人呢。不過，我並不打算成為保羅的媳婦，而且也想繼續和洛琪希當朋友。」
……什麼意思？
畢竟保羅以前好像跟他們那群人不歡而散，所以這話的意思是她不能跟保羅的兒子交往嗎？
算了，其實怎樣都好。
不管怎麼樣，我不會和任何人交往。
「那麼，艾莉娜麗潔小姐找我有何貴幹？」
「嗯，我是來告訴你一個好消息。」
「好消息？」
艾莉娜麗潔嫣然一笑。
這一天。
我得知已經查明塞妮絲下落的消息。

第一話「推薦函」

得知塞妮絲的下落後，一星期過去了。
我還停留在巴榭蘭特公國的旅社裡。
聽說塞妮絲似乎是待在位於貝卡利特大陸中央附近的迷宮都市拉龐。
我很想立刻動身前往貝卡利特大陸。
但是，貝卡利特大陸很遙遠。
如果要從這裡徒步前往，不知道要花上幾個月。說不定必須耗費一年以上的時間。
再加上冬天即將到來。
中央大陸北部「北方大地」的冬季非常嚴苛。
會持續降下大雪，積雪深度超過五公尺。
在國內還有現成道路可走，國家也會負責除雪到一定程度所以能夠移動，不過一旦到了國外難度就會提高。
當然，我可以利用魔術來止住風雪，把積雪化掉後再前進。
但是就算使用了魔術，並不代表就能知道所有正確路線，也不是可以一直停止風雪。再加上到鄰國的距離並沒有短到能夠不必露宿，所以半路會在哪裡遇難才是可以想見的結局。

因此，我決定暫時留在這個國家。

嗯，根據艾莉娜麗潔的情報，塞妮絲似乎很悠哉地在探索迷宮。

我想所謂的「悠哉」應該是艾莉娜麗潔為了讓我安心才自己加上去的形容吧。不過無論如何，艾莉娜麗潔也說了我不必著急，而且聽說保羅和洛琪希都已經趕去。

保羅也就罷了，既然洛琪希已經過去，那麼暫時可以放心。

我還是不要涉險，等冬季結束後再移動才比較妥當。

「好，今天也來鍛鍊吧。」

如此這般，今天也從日課的訓練來展開一天的生活。

就算地上積著雪，還是可以進行重訓。

話說回來，生前在健身這方面總是無法持續下去，但是不知道為什麼，現在的身體卻願意好好配合。果然換了個身體之後，性格大概也會跟著改變吧。

還是別太深究，為自己能把訓練作為日課的現狀感到高興就好。

心裡想著這種事的我做好準備，出門慢跑。

今天是休假日，所以要採用比較嚴苛的路線。

首先沿著城鎮跑一圈。被踏平的雪踩起來有點容易滑倒，雖說萬一失足扭傷腳可就糟了，不過冒險者經常要在不好走的地方衝刺，所以這也是訓練的一環。

繞過城鎮一圈後，我移動到外牆。

接下來靠著魔術輔助，爬上高度約有四到五公尺的岩壁。

冒險者有時候必須在落差很大的地方迅速移動，這同樣是訓練。

這時，我發現負責站哨的士兵。

「啊，早安。」

「嗚喔喔喔？呃，原來是泥沼啊！你可真有幹勁，今天休假嗎？」

「嗯，今天也是在訓練。」

「你這人真的很勤快呢。啊，對了，下次幫我家修牆壁吧，我會請你吃飯。」

「如果願意給我揉捏令嬡胸部的權利，我可以幫你重蓋整個家。」

「你這傢伙……」

「我只是開個玩笑。」

和外牆上的士兵打過招呼後，我往下跳往城鎮外側。

然後沿著外牆跑了一圈。

和定期除雪的城鎮內部不同，由於外面積著雪，所以我必須邊跑邊用火魔術融化積雪好開出一條自己專用的道路。

這是使用魔術，邊融雪邊移動的訓練。

雖然不太會發生必須踩在積雪中迅速移動的事態……

但是以前，我曾經在吹著暴風雪的森林裡吃過苦頭，所以這是為了因應又碰上類似狀況時的訓練。

「呼……呼……」

跑完一圈後，我拿起帶來的木刀開始練習揮劍。

儘管有這對魔術師同樣並非必要的想法，不過還是把揮劍當成日課之一而繼續練習。

算了，有力氣果然還是比較好。這世界裡似乎有種常識認為魔術師即使手無縛雞之力也沒什麼關係，但我並不認同。

就算魔術師不會用到劍，用到力氣的機會還是很多。

例如要抬起物品或是搬運貨物時。

雖說交給力氣大的人處理也是一種辦法，不過自己能辦到的事情越多越好。

「喝！哈！嘿！」

除了揮劍，我還把保羅和基列奴教導的劍術招式也演練過一遍，接著假想出敵人並開始模擬對戰。

今天的對手是瑞傑路德。

當然我完全無計可施。在速度上處於壓倒性的劣勢，除非再加強鍛鍊，否則根本無法對抗。也有可能鍛鍊後依舊追不上瑞傑路德，不過也沒什麼，打贏他並非我的目標，毋須在意。

做完整套訓練後，我沿著原路返回旅社。

到達旅社時，我看到艾莉娜麗潔從二樓的窗口探出頭。

「啊……哎呀，魯迪……啊……烏斯……歡迎回來。」

艾莉娜麗潔注意到我之後雖然主動開口搭話，可是表現出的樣子卻很奇怪。

她把手搭在窗沿上，表情扭曲，頭部有規律地搖晃，甚至還發出嗯嗯啊啊的呻吟聲，像是在壓抑著音量。

而且肩膀整個裸露在外。

「我回來了，艾莉娜麗潔小姐。妳今天也是從早上就這麼有幹勁呢。」

「咦？幹勁？你……你在說什麼啊？我聽不懂……嗯啊！」

我想那窗口再往裡面一點肯定有個男人，正在從後面對艾莉娜麗潔用那個做著某種行為吧。

外面明明這麼冷，居然還特地打開窗戶進行這種高尚的玩法。

真的很有幹勁……

「天氣很冷，請小心不要感冒。」

我把視線從她身上移開，走入旅社，回到自己的房間。

第一次目擊類似情景時讓我嚇了一大跳，不過現在已經習慣了。

這一星期以來，我充分了解艾莉娜麗潔是個誇張的蕩婦。

畢竟只要注意到時就會發現她又把男人帶進房裡，而且幾乎每天都在做這種事。
根本是一個存在本身就如同性犯罪的女人。
當然，我不打算指責這一點，反而還想被捲入這場性犯罪裡。
但是卻無法如願。
這是因為……其實我這兩年以來都罹患著某種疾病。
一種同時牽涉到心理和生理的病。
很難詳細解釋。對了，就用球根來打個比方吧。
那個球根只要看到山峰或深谷就會發芽，然後抬起頭朝著天空成長，長出不會被風雨吹垮的挺拔莖部，在前端綻放出美麗花朵。等時期到來，就散播出白色種子。
然而我的球根卻不會成長，也不會開花。
算了，乾脆直接挑明著說吧……簡而言之就是ＥＤ。
不是錄音帶的那個ＥＤ。
沒錯，經歷過和艾莉絲的分離後，我那裡站不起來了。
我不想去回憶發現這件事時的情況。
在我以冒險者身分打響知名度的過程中，也曾經相當受到異性歡迎。
那時，有女性冒險者對我表示好感。但是色咪咪地把她帶進房間後，我的伙伴卻沒有奮起，最後對方生氣離開。

當然，我有努力想治好這毛病。

還找了佐爾達特幫忙，前往所謂的花街。

那是生前從未去過的場所，我心跳加速地接受專家服務。

可是，結果卻是慘敗。我的鬱金香沒有綻放，莖部依舊靜靜地橫躺著。

再加上……不，算了。

不管怎麼樣，我在那時受到相當嚴重的打擊。

差點被徹底擊倒。

後來好不容易重新振作，每有機會就嘗試各式各樣的辦法，但是我的沒用東西仍然是廢物狀態。

看到女性裸體會讓我感到興奮，卻沒有那種貫穿脊髓的回報反應，下半身總是保持沉默。

接下來會遭受無力感和寂寥感襲擊。

連續碰上這種情況好幾次之後，我的內心崩潰了。

我已經放棄。

現在已經不會再想跟哪個人有什麼進展。

也沒有喜歡的對象。與其要遭到背叛，還不如一開始就只把對象拿來欣賞輕觸還有疼愛一番就好。

不需要去期待更深入的發展。

反正從以前不就是這樣嗎？既然自己曾經辦到過，哪裡還有什麼好期待的？
不更進一步也無所謂。
我只要在單打獨鬥這條路上登峰造極就好。根本不需要同伴，我討厭跟人成群結黨。
不，最近連這個單打獨鬥都……我……我才沒有哭！
「唉……」
我回到自己的房間。
用魔術提高室內溫度後，我製造出熱水，擦乾滿是汗水的身體。
接著先換套衣服，才為了吃飯而離開房間。
「啊！」
「啊……」
於是，我剛好和辦完事出來的艾莉娜麗潔他們碰著正著。
摟著艾莉娜麗潔肩膀走出房間的人，是這幾年都一起行動的佐爾達特。他一看到我立刻臉色發青。
「不，不是啦，魯迪烏斯……我並不是想動你的女人……」
「不，你弄錯了，佐爾達特。艾莉娜麗潔小姐絕不是我的女人。而且，你不是知道我站不起來嗎？」
「啊……噢，對喔。抱……抱歉，講了這種像是在傷口撒鹽的話……總之，我無意和你起衝突。而且你知道……我之前才靠你賺了一票嘛。」

「別介意……話說回來，舒服嗎？」

「嗯，爽到極點。」

佐爾達特這樣說完，露出一臉春心蕩漾的表情。

「嘖！」

雖說是我自己主動提問，但還是忍不住狠狠咂嘴。

「妳有聽到嗎，艾莉娜麗潔小姐？真是太好了呢。」

「嗯，這是當然。因為和我做過的男性都會幸福。」

「……噢，是這樣啊。」

我知道一件事。

在佐爾達特的隊伍裡，另外幾個男性成員已經都被艾莉娜麗潔吃了。

因為他們各自都跑來跟我講了類似道歉和放閃的發言。

我個人並不需要謝罪，但是其他人知道這狀況嗎？

該不會哪天東窗事發然後演變成什麼混戰場面吧？

我記得佐爾達特的隊伍應該禁止這類事情……

算了，這不是我該管的事情。

反正我也沒加入。

要是隨便多嘴結果反而被牽連進去也很麻煩。
在這兩年以來，我在待人處事時都有避免自己遭到這類麻煩事波及。沒有做出會引起哪個人怨恨的行動，也沒有和任何人起過衝突。
換句話說，現在我該做的事情並不是針對她提出忠告。
「艾莉娜麗潔小姐。」
「什麼事？」
「隨性亂吃是沒關係，但事後收拾請自己處理喔。」
而是要保護自己。
儘管受到佐爾達特等人照顧，但是我連自己的下半身都無法控制，才不想被其他人的下半身騷動給牽連。
「當然。」
「喂喂，你們在講什麼啊？」
佐爾達特表現出一頭霧水的模樣。
艾莉娜麗潔親了一下佐爾達特的臉頰，催促他下樓。
「沒什麼。好啦，我們去吃飯吧。」
真是殘酷的女人。

★★★

艾莉娜麗潔．杜拉岡羅德。

是保羅的前隊友。

據說在轉移事件時，她和洛琪希一起幫忙尋找保羅的家人。

還和洛琪希一起縱貫魔大陸，來到中央大陸。

和洛琪希一起……真是讓人感激。

至於我的老師，似乎從魔大陸的角落又折回起點，去通知保羅發現塞妮絲的消息。換句話說，要是這女人沒有提出任性要求，來這裡的人就會是洛琪希，可惡！

不，根據聽來的狀況，就算他們決定所有人一起回到米里希昂然後把我丟下不管，其實也是無可厚非的選擇吧。所以我或許該心懷感謝才對。

算了，只要前往貝卡利特大陸就可以見到洛琪希，沒有必要焦急。

這樣的艾莉娜麗潔的冒險者層級是S，職業是戰士。

我找她一起承接了一場討伐委託，該說不愧是S級嗎？她的實力並不差。

攻擊力有點低，但是管理仇恨值的技巧極為高明。以戰士來說是一流吧。

不過，不算是第一。

我心裡最強的「戰士」是瑞傑路德，雖然被拿來和他比較感覺也是很可憐啦。

把一頭閃亮的金髮捲成豪華的圓錐形，擁有千金小姐般美貌的長耳族。

態度柔和，讓男人有面子的言行舉止都很明顯。視線總是對著男性的雙眼，還會以不經意的肢體接觸和動作身段來引誘對象。

剛找到我的時候也是一樣，她會自然地做出讓人誤以為「咦？難道這女人愛上我了？」的行徑。

再加上她還擁有高強實力，這世界的男人自然會拜倒在她的石榴裙下。

而且看樣子她在床上的戰鬥力也極高，和艾莉娜麗潔共度過一夜春宵的人幾乎全都會被她勾走魂魄。

話雖如此，如果要問艾莉娜麗潔有沒有瞧不起其他女性，答案卻不是那樣。

她會對戀愛中的少女提出建議，教導對方套牢男人的手段，而且在組隊戰鬥時也會率先保護女性，擁有會表現得像是個可靠大姊頭的一面。

此外，她不會誘惑有特定對象的男性。

艾莉娜麗潔會因應時間地點和場合，依據自認恰當的原則來行動。

扣掉長耳族特徵的貧胸，她甚至可以說是一個無可挑剔的完美女性。

不過也可以稱為魔性之女啦。

缺點大概是不在意周圍，把獨身男全都嚐遍的行為吧。

因此，從旁看來會覺得她有些地方像是已經點燃的導火線。雖然我不知道這條導火線到底有多長，但總有一天會到達炸彈，引發大爆炸吧。

換句話說，大爆炸就是指自尊心強烈的冒險者之間的爭風吃醋行為。

也可以說是彼此拿命廝殺。

不過呢，艾莉娜麗潔管理仇恨值的技巧很高明，除非遇上相當嚴重的事態，否則似乎不至於演變到真的動刀動槍……

即使如此，不知道該說是果不其然還是該怎麼說，她似乎經常引起問題，不曾長時間待在同一支隊伍裡。

聽說中央大陸南部的男性們似乎很清楚艾莉娜麗潔的事情，還有個默契就是除非遇上什麼特殊狀況，否則不會讓她加入隊伍。

順便說一下，艾莉娜麗潔現在和我組隊。

她似乎自認是我的保護者，還主張如果我要去貝卡利特大陸，她會負責把我確實送達目的地。算了，我在這兩年以來也體認到一個人隻身旅行會有各種不便，所以確實值得感謝。

她的戰鬥力不低，獨行冒險者該會的事情也幾乎都會，是個不錯的搭檔。

只是，在吃飯時故意坐到我身邊，整個人依偎過來還在我身上亂摸的行為實在有點煩人。

如果我不是ＥＤ，就可以也對她上下其手當作回敬……

「佐爾達特先生，不行啦，魯迪烏斯在看呢。」

「怎麼這樣說，才這點小事沒關係吧？」

「哎呀，你真壞……」

然後現在，她正在我面前和佐爾達特卿卿我我。

明明各自坐就好了，為什麼要跟我坐同一張桌子呢？是想放閃給我看嗎？

可惡，我可完全不羨慕啊！

「……」

佐爾達特已經被艾莉娜麗潔完全迷倒了，他的隊友似乎也都一樣。

在這種逆後宮狀態下，艾莉娜麗潔要如何迴避麻煩呢？

要是她有避免問題波及到我身上就好，不過總覺得不管怎麼樣都會連我也躲不掉。我很想在那之前先想辦法解決問題，但是我對於這種狀況沒什麼經驗。

有種要是插嘴反而會自找麻煩的感覺。

當我正在盤算時——

「那麼，這就是講好的錢。」

「哎呀～真是不好意思，做了那麼舒服的事還拿錢……」

「不過交換條件是不可以對我動真心喔。」

艾莉娜麗潔這樣說完，把錢遞給佐爾達特。

原來如此，意思是反過來買春嗎？

既然這樣就不會有問題。

……真的不會有問題嗎？

★　★　★

這樣的生活又持續了大約一個月。

某一天。

我收到了一封信。

這封信被封得很密實，正面寫著「拉諾亞魔法大學」幾個字。

不知道這到底是什麼的我決定總之先拆開來看看。

「魯迪烏斯・格雷拉特大人：

初次聯絡。

我是在『拉諾亞魔法大學』擔任副校長的吉納斯。

最近，魯迪烏斯大人的名號『泥沼的魯迪烏斯』在拉諾亞王國也是如雷貫耳。

聽說您是能夠自在操控無詠唱魔術的高強冒險者。

調查之後，更得知魯迪烏斯大人是那位水王級魔術師洛琪希的弟子。

請問您是否有意願更深入鑽研這份優秀的魔法技術呢？

拉諾亞魔法大學已經準備好招收您為特別生。

所謂的特別生，是指擁有特殊立場，不但免修課程且免除學費，還可以使用本校藏書與設備，自由進行研究或其他活動的學生。

只要在七年以內（到畢業為止）完成一項研究，並且將該研究轉讓給本校或魔術公會，也能夠推薦您成為魔術公會的C級成員。

當然，就算沒有得出任何研究成果，依舊可以和其他畢業生同樣登錄為D級成員。

能否請您務必給我一次親自致意的機會呢？

如此唐突的請求雖然讓我感到滿心惶恐，但萬望您能考慮一下。

那麼敬請多多指教。

『拉諾亞魔法大學』副校長　吉納斯．哈爾法斯敬啟。」

就是這樣的內容。

特別生……總而言之，這是類似公費生的推薦函嗎？

我知道這世界有魔術公會這種組織，但是不清楚他們是在做什麼。

順便說一下，對於「盜賊」公會我就比較了解，那是負責銷贓和管理奴隸買賣的集團。

所以雖然我可以推測出魔術公會大概是撰寫和販售魔術相關書籍，還有針對魔術進行研究的組織，但是並不清楚對方的實情。那裡到底是做什麼的地方呢？

或者該說，為什麼事到如今才寄這種信給我？

的確，我感覺到在魔術方面有點碰上瓶頸。

當然這幾年讓我充分明白，自己似乎具備用來生活算是過度充足的力量。實際上，連脫隊龍也被我在將近獨力的狀態下成功打倒。雖然那也要歸因於對手已經相當虛弱，不過打倒脫隊龍依舊是事實，所謂勝者為王嘛。

不管怎麼樣，意思是我不覺得自己有接受補習課程的必要。

不明底細的組織基於莫名其妙的理由寄來推薦信，推薦我去一個不知道是幹什麼的地方。

換句話說，這是新式的詐欺手法之類吧。

要是我傻傻前往，就會被長相可怕的大漢包圍，全身都被塗上金粉然後被當成展覽品。

玩笑先開到這邊。

既然會收到這樣的信件，就代表我這兩年的活躍表現獲得肯定。

魔法大學是洛琪希的母校，從這種地方來了推薦函，老實說我很高興。

因此，我想稍微調查一下對方真正的意圖。正確的說法是，我想調查信件的真偽。

「艾莉娜麗潔小姐，我要去冒險者公會一趟。」

「哎呀？今天不是休假日嗎？」

我向難得沒去釣男人，正在保養一頭華麗金髮的艾莉娜麗潔搭話。

「因為有件事情想去調查一下。」
「等等，我也要去。」
艾莉娜麗潔放下梳子站了起來。
她似乎還沒梳好完美髮型，真的不要緊嗎？
「我並不是要去承接委託，馬上就會回來喔。」
「以前保羅曾經這樣說過然後外出，結果跑去冒險者公會搭訕女孩子。」
「是那樣啊，真是很有父親大人的風格。不過，那有什麼問題嗎？」
「既然要搭訕，兩人搭檔的成功率會比較高。要找同樣是男女兩人的組合下手。」
這個蕩婦突然講這什麼鬼話。
「請不要做那種事。說什麼男女兩人組，萬一對方是情侶，這樣不是會招人怨恨嗎？」
「沒問題，是不是情侶只要看一眼就知道。」
「所以說我並不是要去搭訕，妳可以不必跟來。」
平常的艾莉娜麗潔腦袋裡基本上只有這種事。
不過只要承接委託就會瞬間切換，轉變為認真的冒險者大姊姊……
這種落差是不是也成為吸引男性的魅力之一呢？
「別說那種話，我是因為你不肯當我對手才不得不去釣男人，所以你應該要設身處地幫我著想。」

「不，如果妳能幫我『兒子』重振雄風的話，要我當妳的對手也是可以喔。」

「我是很想努力看看，但是我不能對保羅的兒子出手。而且還要顧及和洛琪希的約定，我可不想被洛琪希討厭。」

這個人說的話根本自相矛盾。

到底活得多隨性啊。

然而，只有「不想被洛琪希討厭」這句話可以理解。

而且也只是因為這句話，就讓我無法討厭艾莉娜麗潔。

我能夠體會「不想被哪個人討厭」的心情。

不過，居然連這樣的艾莉娜麗潔都不想被洛琪希討厭，真不愧是我的神。

啊，這事先放一邊去。

「可是，那不是我的錯吧？是艾莉娜麗潔小姐妳個人的問題吧？」

「是沒錯啦。不過有什麼關係呢，像搭訕這種小事，只要是健全的男孩子都會去做啊。」

「因為我是健康不良少年。」（註：原本應該是健康的不良少年，但魯迪現在是健康不良的少年）

「哎呀，講得好。」

總之這般那般，最後我還是帶著艾莉娜麗潔前往冒險者公會。

但是我沒有要搭訕。

★★★

目前時刻已經過了正午。

到了這個時間，公會裡的冒險者人數也會有點稀疏。

今天佐爾達特的「Stepped Leader」一行似乎不在。

大概是出去處理委託了吧。因為魔物全年無休，即使是在冬季期間，還是有相當多的討伐委託。

像拉斯塔熊明明也是熊，但是卻不會冬眠。

我以視線觀察四周，發現A級隊伍「Cave A Mondo」的成員。

他們是以魔術師為中心的隊伍。

人數是偏少的四人，包括一名魔法戰士以及三名魔術師。所有人都是中級以上的魔術師，隊長則是火魔術的上級魔術師。

「嗯？泥沼，今天是約會嗎？」

「嗯，漂亮的女友一直吵著要我帶她去搭訕。」

「啥？」

我對「Cave A Mondo」的隊長康拉德搭話。

他是超過四十歲的熟練冒險者，嘴邊蓄鬍，展現出一股成熟風範。雖然在赤龍討伐委託那時打了退堂鼓，不過我和他的交情還算不錯。

「什麼事？你終於下定決心要加入我們了嗎？」

他曾經多次邀請我加入，能使用中級治癒魔術的攻擊魔術師似乎很貴重。

「哼，我是厭惡和他人成群結黨的孤狼，不會和一群人擠在同一把傘下。」

「耍什麼帥啊。嘴上這樣說，但你還是和那邊的女人組隊了吧？」

我回過頭轉向他所說的「那邊」，只見艾莉娜麗潔正在搭訕一個年輕冒險者。

雖說是搭訕，其實更像是誘惑。

遠遠也能看出對方滿臉通紅，身上散發出獸族所謂的「發情氣味」。不過那個人看起來好像沒什麼經驗，面對艾莉娜麗潔的誘惑，困惑感似乎比興奮感更加強烈……

不過其實怎樣都無所謂啦。

「那種事不重要。倒是康拉德先生，我有點問題想請教你。」

「什麼？如果是奇怪的問題我可要收錢喔。你因為前些日子打倒了脫隊龍所以手頭闊綽吧？啊～如果我們也有參加該有多好，要是早知道你有辦法一個人打倒那種玩意兒……」

「下次我請客吧。那麼，關於我想請教的問題……康拉德先生你是不是出身於拉諾亞魔法大學？」

「嗯，不過我才念了五年就退學了。」

在這種時候，不管是吊車尾還是什麼都沒差。

「其實是我收到了這樣的信件。」

我向康拉德提問信件的內容。首先要問清楚特別生到底是什麼。

「啊～特別生嗎？學校裡的確有那種人。」

「可以請問詳情嗎？」

「魔法大學啊，會率先主動聯絡像你這種會使用奇妙魔術的魔術師，或是以冒險者身分打響名聲卻沒有加入魔術師公會的傢伙，還有那些身為他國王侯貴族但擁有驚人魔力的人士。然後會希望這些人可以不必實際聽講上課，只要掛個名取得學籍就好。」

「這又是為什麼？」

「因為那種傢伙要是將來出了名，不就能順便幫魔法大學宣傳嗎？」

看樣子是這麼一回事。

記得生前的學校似乎也有類似的制度。

就是公費生……好像不太一樣。算是哪種？享有特殊待遇的學生之類？

不管怎麼樣，既然對方是根據無詠唱魔術的情報來邀請我，看樣子應該不會是詐騙。

「那麼所謂的魔術公會又是做什麼的組織呢？」

「他們會販賣卷軸(Scroll)還有對魔道具製作提供支援等等。我也不清楚詳情，雖然姑且算是成員，但我只是F級。」

「啊，話說起來，從魔法大學畢業是不是就可以拿到D級的資格？」

「如果有畢業的話啦。」

魔術公會是對魔術相關事物提供全面支援的組織。

最低條件是只要會使用初級魔法就可以加入。從F級開始，層級提升後權限會隨之增加，也能獲得各式各樣的援助。

如果是就讀於大部分的魔術學校，在畢業時能成為E級成員。

不過魔法大學比較特別，只要畢業就可以成為D級成員。

這是因為經營魔法大學本身的主體正是魔術公會。

而且特別生只要交出研究成果就能成為C級。

當然，即使不是特別生，像那種能以第一名成績畢業的優秀魔術師似乎也會被授予C級的證明。

「C級可以獲得什麼待遇呢？」

「我也不知道。雖說去問公會可以直接獲得答案，但是這城鎮裡沒有魔術公會的支部……」

順便說一下，F級似乎不會獲得任何支援。

魔術公會的層級好像要靠著達成公會的委託，或是根據對魔術公會的貢獻度才有辦法提升。

和冒險者公會不同，沒有只要怎麼做就可以升級的明確標準。所以會發生和公會的幹部有關係又很會拍馬屁的傢伙只有層級能節節高升的狀況。講得明白一點，就是魔術公會的層級可以用錢買到，不過只到B級為止。

「是說泥沼，你應該沒有上過學吧？」

「我家請了家庭教師。」

「喔？原來你家挺有錢啊。」

「正如我的名字，是阿斯拉上級貴族的分支。」

「……抱歉，你的姓氏是什麼？」

「是格雷拉特，魯迪烏斯．格雷拉特。」

「泥沼的魯迪烏斯」這名號雖然小有名氣，不過似乎沒有連姓氏也一起傳開。

這很正常，我也不知道康拉德的姓氏是什麼。初次自我介紹時有聽說過他有姓氏，但是我並沒有記住。

「格雷拉特好像是阿斯拉的地區領主吧？真是驚人，你為什麼會在這裡自己一個人當冒險者啊？」

「那是因為……」

我才講到這邊，腦裡就浮現出關於艾莉絲的種種。

艾莉絲的臉，一個晚上的溫暖，隔天的喪失感，和莎拉之間的苦悶回憶，還有在那之後就派不上用場的「兒子」……等我回神時，自己已經落下眼淚。

「咦……怎麼……？」

「啊……抱歉，每個人都有各種難言之隱吧，真是不好意思。」

結果讓康拉德費心了。

我還以為自己已經把艾莉絲的事情給忘記，卻會像這樣每碰到一點小事就回想起來。差不多該忘掉會比較好吧。艾莉絲轉換得很快，大概早就把我拋在腦後。就算自己戀戀不捨地繼續記著她，實際上也沒有任何意義。

明明對莎拉的事情可以那麼乾脆地做出決定，為什麼就是忘不掉艾莉絲？不，別再想了。

「不過啊，難得對方主動提出要給予特殊待遇，過去看看不是也好嗎？」

聽到康拉德這麼說，讓我回想起一件事情。

自己之所以前往艾莉絲她家擔任家庭教師，是因為必須賺取去魔法大學就讀的入學費用。我最初的目標，是要和希露菲一起進入魔法大學。

真讓人懷念。當時的我是不是一邊教導被其他小孩欺負的希露菲，同時也感到自身的成長陷入瓶頸？

當初在行動時，滿腦子只有必須提昇自我能力的念頭。

我自認現在也沒有忘記提昇能力的重要性，而且還打算以後也要繼續努力下去。

只要加入魔術公會，應該會有什麼相當不錯的好處吧？說不定還可以學到什麼新東西。那樣一來，自己的能力大概也會提昇。

然而，我不能把提昇自身能力作為最優先的事項。

一方面要顧慮到家人，另一方面是因為這幾年讓我明白靠目前的實力已經十分足以活下去。和當時不同，我感覺不到必須立刻學習什麼新事物的必要性。

是啦，如果考慮到哪天會不會又突然遇上類似奧爾斯帝德的傢伙，我也不是沒有想過應該要拚命修行才對。可是基本上，那根本不是稍微修行一下就能打贏的存在。畢竟對方是連已經活了幾百年的瑞傑路德也能隨手解決的傢伙，與其盤算要靠戰鬥把對方怎樣，還不如去思考萬一碰到了要如何不與其敵對。

總而言之，目前的狀況和那時不同。

還是先和保羅會合比較好。

至於自己的事情，可以等會合之後再去處理也不晚。

「說得是呢，比起和保羅那種傢伙在一起，去學校反而對你比較有幫助。畢竟你也已經長這麼大了，試著獨立自主如何呢？」

等我注意到時，艾莉娜麗潔已經來到旁邊。

「可是先和家人碰面之後再去學校也還不遲啊。」

「反正聽說塞妮絲平安無事，只要在大家還活著的時候能見上面不就好了？」

「不，我們之前是一家分離，應該要先團圓吧。」

「反正保羅他們也會回到阿斯拉啊，到時再跑個一趟跟他們會合不就得了？」

「可是他們也有可能會住在米里希昂啊。」

「那裡不是有兩個老婆的男人能住得舒服的地方。」

米里斯教徒的教規中有一條是一夫一妻。在居民大部分是米里斯教徒的米里斯神聖國，一夫一妻是常識。

的確，像保羅那樣的傢伙會覺得待在那邊有點難受吧。

「是說，艾莉娜麗潔小姐妳只是不想見到我父親吧？」

「沒錯。」

艾莉娜麗潔聳了聳肩，滿不在乎地回答。

看樣子她真的很討厭保羅。

不過就算不想見到保羅，她似乎還是不打算放棄送我一程的任務。

有時候，我實在無法理解艾莉娜麗潔的想法。

「話說回來，泥沼。」

「什麼事？」

「你差不多該介紹一下這位大姊了吧？」

康拉德以有點色咪咪的視線看著艾莉娜麗潔。

這女人為什麼如此受歡迎啊？

算了，總而言之，關於魔法大學沒有必要煩惱。

儘管這是個很有吸引力的提案，然而現在不是學習什麼新事物的時機。

這次還是擱置進入魔法大學的機會吧。

★ ★ ★

做出這決定的晚上。

我又在夢中前往白色的場所。

這是那個……是那傢伙，馬賽克。已經兩年不見了。

「嗯，好久不見。」

嗯，沒錯，是人神。

「那種講法是怎麼回事？」

沒什麼，別在意。

「我是不會在意啦，畢竟我已經習慣你講些奇怪發言了。」

是噢。

話說回來，好久沒作這個夢，但這次沒有產生以前那種討厭的感覺。

是因為我習慣了嗎？

「不是因為你已經適應了嗎？」

實際上如何呢？

比起這事，我在尋找塞妮絲的過程中，曾經找你找了很多次。

你好歹也該出現個一次吧？

「因為我這邊也有很多複雜的問題。」

是噢。

算了，以結果來說已經找到了所以沒差，不過還是覺得浪費了整整兩年。

「太好了呢，能找到你母親。」

嗯，我完全沒想到洛琪希也會幫忙尋找。

「因為她很勤奮。」

真的是讓我引以為傲的師傅。聽說她也要前往貝卡利特大陸，真想早點見面。

「真的好嗎？讓引以為傲的師傅看到你現在這種沒出息的樣子。」

……咦？

沒出息？你說現在的我嗎？

「難道不是那樣嗎？艾莉絲跑了，好不容易有機會跟那個叫莎拉的女孩好上，結果那方面也是廢物。雖說魔術的實力多少有提昇，但是和幾年前卻幾乎沒變。劍術也一樣，只是每天有練習揮劍，並不是真的變強。只有體格變壯了，不過你能帶著自信這樣說嗎？你能告訴她：『妳的弟子已經成長得如此優秀了』？」

唔唔唔，你講話真是毫無顧忌。

所以，你到底想說什麼？

「現在不正是應當鍛鍊自己的時機嗎？只要前往魔法大學，你應該可以學到甚至和一般冒險者不可同日而語的各式各樣知識。」

這啥啊，簡直像是哪個補習班老師會說的話。

啊，雖然講得很輕描淡寫，不過這是那個嗎？跟以前一樣的建議？

「嗯，算是那種感覺吧。」

老樣子還是拐彎抹角，你真的是個可疑的傢伙。

「是嗎？不過，這次還是聽我的建議會比較好喔。因為要是前往貝卡利特大陸，你一定會後悔。」

後悔？為什麼？

「這不能說。」

噢，是嗎？

算了，你也不是現在才開始隱瞞必要的情報。不過講出這些話的你自己想必也知道，要把這種事當成去魔法大學的理由還過於薄弱。因為基本上已經找到所有家人，我也想暫時歇腳。

「嗯。所以啊，接下來才是真正的建議。」

好，說來聽聽。

「嗯哼。魯迪烏斯，去拉諾亞魔法大學就讀吧。你要在那裡調查菲托亞領地的轉移事件，如此一來，你身為男人的能力與自信應該能取回。」

咦？真的嗎？

我的 Erectile Dysfunction 會在魔法大學治好嗎，人神大人！

能取回吧……能取回吧……能取回吧……

在回音中，我的意識逐漸淡去。

★ ★ ★

等我醒來時，發現艾莉娜麗潔的臉孔近在眼前。

嚇了一跳的我瞪大眼睛，同時回想起昨晚的情況。

艾莉娜麗潔很難得地沒成功捕獲男性。

所以到了晚上，聲稱因為太冷而睡不著的她就鑽進了我的被窩裡。

的確，北方大地的冬季夜晚很寒冷。雖然旅社裡裝了壁爐所以比室外暖和很多，但這個世界沒有空調設備也沒有電暖器。如果是高級旅社，就會在每間房裡都設置壁爐，或是利用魔術式暖爐來讓整棟建築物變暖。

然而很遺憾，這裡是服務C級冒險者的便宜旅社，頂多只有提供厚重的被子。

我可以用魔術來把房間整個弄暖所以沒有什麼問題，不過身上脂肪似乎很少的艾莉娜麗潔看起來真的很冷，因此我接納她這種行為當作是賺到外快。

絕不是昨天晚上享樂過。

沒錯，並不是度過了一夜春宵。

明明和這種完全沒有貞操觀念的美女大姊姊睡在同一張床上，我的海狗卻依舊無力橫躺著，只回以空虛的沉默。

我試著在睡著的她身上到處亂摸，但海狗果然還是保持沉默。

對生前憧憬的女性身體恣意毛手毛腳的行為。這種事情讓我的腦袋非常興奮，卻沒有發生應該要貫穿脊髓再回來的反應。

「嗯嗯～……」

我把手收回後，艾莉娜麗潔像章魚般地纏了過來。

她以整體來說沒什麼肉，但依舊是女性特有的柔軟身體將我擁入懷中。

雖然糾纏著我的動作極為煽情，可是，那裡果然還是沒有反應。

明明腦袋的確感到興奮，卻只有焦躁感不斷累積。

不久之後，艾莉娜麗潔的動作停了下來，再度傳出平穩的呼吸聲。

興奮瞬間冷卻，只留下虛無感和寂寥感，以及滿心的沒出息感。眼淚落下。

「是嗎，這可以治好嗎……」

我靜靜地下定決心，要前往魔法大學。

★　★　★

三個月後。

看準冬天已經過去，積雪開始融化後，我向佐爾達特等人道別。

我自認身為冒險者，自己一直是單打獨鬥至今。不過，和 Stepped Leader 一起行動的次數也很多。

因此，我覺得至少在離開時必須打個招呼。

所以我在旅社前召集「Stepped Leader」的眾人，說明情況，告訴他們自己要前往拉諾亞王國。

「各位……至今為止受大家照顧了。」

我以這句話收尾後，「Stepped Leader」的眾人雖然露出有點寂寞的表情，還是說了「加油啊」「保重」等回應。

最後，我來到把臉轉開的佐爾達特面前，對他低下頭。

「佐爾達特，謝謝你至今為止的關照。」
「啥？」
「總覺得只有我單方面受照顧，沒有任何回報……」
佐爾達特．黑克勒。
這幾年以來，說來說去他其實還是一直很關心我。
也曾經做了各種安排想幫我治好ＥＤ。
如果沒有塞妮絲的事情，我大概已經直接從臨時成員改為正式加入。
「我才沒有照顧你，你也沒有必要回報我什麼。反而是我利用你賺了不少錢，因為你只有在魔術實力上屬於一流。所以啊，想道謝的人是我這邊才對。」
佐爾達特露出粗俗的笑容，但立刻又尷尬地把臉轉開。
雖然講話難聽，不過他對我也是自有一套好意吧，換句話說這就是傲嬌。
如果真的只是在利用我，被我目擊到和艾莉娜麗潔的現場時，他就不會那麼慌張，也不會露出那麼狼狽的表情。
「……不過啊，這不是很好嗎？那個可以治好吧？」
「……現在還無法確定啦。」
「是嗎……不管怎麼樣，我們遲早也會有事要去那一帶吧。到時候若有機會，兩個人再一起去喝酒上妓院吧。」

佐爾達特這樣說完，咧嘴一笑並伸手拍了拍我的背。
我感受著這衝擊裡帶有的寶貴情誼，然後踏上前往拉諾亞王國的旅程。

第二話「入學考試」

拉諾亞王國是中央大陸北部最大的國家。
國力和中央大陸南部的西隆王國相當。
然而拉諾亞王國和巴榭蘭特公國、涅里斯公國締結了同盟，與魔術公會也有密切關係。只要綜合三國的力量，即使位於貧瘠的北部，這個同盟仍舊被視為持有世界上排名第四的實力。
基於這種背景，拉諾亞、巴榭蘭特、涅里斯這三國被合稱為「魔法三大國」。
為什麼是「魔法」三大國呢？
是因為魔術公會的總部位於此處嗎？
雖然這是原因之一，不過最大的理由是因為這三國都在魔術相關研究上投注大量心力。
它們從世界各國招集優秀的人才，慷慨提供資金，致力於推進魔術研究。
為此準備的地方，就是存在於盟主拉諾亞王國的角落，位置非常接近國境線的大都市，魔法都市夏利亞。

例如「拉諾亞魔法大學」、「魔術公會總部」、「涅里斯魔道具工房」這類和魔術有關連的所有設施與事物都被凝聚並納入此地。

這裡可以說是魔法三大國的中樞，也是最興盛繁華的都市。

如果從上空俯瞰魔法都市夏利亞，可以看到城鎮中央是以最新式抗魔磚建造的魔術公會，東邊是以魔法大學為中心的學生區，西邊是以魔道具工房為中心的工房區，北邊是以商業公會為中心的商業區，南邊則是迎接外來旅客和冒險者的旅館區。

懂的人一看便知，這是參考了米里希昂的格局。

至少我是在看到地圖的那瞬間就察覺到這件事。

不過就算察覺，其實也不能怎麼樣啦。

我和艾莉娜麗潔在旅館區找了個地方落腳。

是一間有暖氣設備的A級冒險者用旅社。

要是太冷，艾莉娜麗潔會鑽進我的床鋪。看到她毫無防備地睡在眼前，我就會不由自主地想動手。但是動手以後，是自己會受到打擊。

經過層層推論，我得出必須要有暖氣設備的結論。

艾莉娜麗潔並沒有特別抱怨什麼。

在旅途中我明白一件事，她似乎有無論如何都要跟男人滾床單的理由。

我們曾在半路上稍微走錯，花了一星期以上才到達下個城鎮。

那時她的狀況糟糕透頂。

身體因為不明原因而不斷發抖，臉色鐵青，而且看我的眼神很恐怖。

但是不管她狀況有多糟，沒辦法的事情還是沒辦法，所以束手無策的我只能張皇失措地試著解毒或是揉揉她的胸部……

後來問了詳情，這好像是某種「詛咒」，沒有定期和男人炒飯就會死掉的「詛咒」。

聽起來感覺很辛苦，不過艾莉娜麗潔似乎完全不以為意，還說什麼反正她原本就很喜歡房事，就算沒有詛咒，她的行動還是不會改變。

可以說她跟我不一樣，和老毛病相處得宜吧。

「那麼，我要去找那個叫吉納斯的人，艾莉娜麗潔小姐妳打算怎麼辦？」

「我也要去。」

「……為什麼？」

我滿心以為艾莉娜麗潔會去冒險者公會那一帶釣男人。

「因為機會難得，所以我也想進入魔法學園就讀。」

「…………為什麼？妳對魔術有興趣嗎？」

「不，我是對和魯迪烏斯同年的男孩們產生興趣。」

「噢，是這樣啊。」

意思是她的行動始終如一。

不過雖說是大學，既然那裡是學校，應該有很多小孩吧。

我不清楚這國家的法律是怎樣規定，但不會觸犯略誘未成年之類的法條嗎？

……算了，會被抓的人又不是我，哪管那麼多。反正就算我開口阻止她也不會聽勸。

這不是我必須擔心的問題。

「可是，我想妳應該要正常支付入學金和學費那些喔。」

「沒問題。別看我這樣，其實手頭相當闊綽。」

她一邊回答，一邊拍了拍裝著錢幣的袋子。

那裡面除了這一帶使用的貨幣，還有五枚以上的阿斯拉金幣。

此外，我知道她的背包裡放著好幾個魔力結晶。

之前曾經請她讓我看過一次，是呈現漂亮球形的魔力結晶，大小跟彈力球玩具差不多。如果賣掉，好像可以賣得阿斯拉金幣十枚以上的價錢。

我本來還很好奇她是從哪裡得到這種東西，不過艾莉娜麗潔原本是以探索迷宮為主的冒險者。

所以我擅自推測她大概是把以前找到的魔力結晶當成支票般隨身攜帶吧。

因為魔力結晶即使沒有事先變賣，也可以在任何地方換成現金。

雖然入學必須花錢，但是艾莉娜麗潔不缺錢。即使她的入學動機並不純潔，不過我沒資格指責別人，也沒理由阻止她。

「這樣啊，那就出發吧。」

我們一起前往魔法大學。

★　★　★

拉諾亞魔法大學擁有廣闊的校地。

在極為廣大的校園裡，矗立著好幾排連綿不絕的磚造樓房，中央甚至有一棟類似城堡的建築物。以外行人眼光來看，會覺得這地方可以直接用來作為要塞。

要舉例的話，大概是筑〇大學那種感覺吧。（註：筑波大學，以校地廣大聞名的日本大學之一）

不，其實關於筑〇大學，我也只有看過照片。

總之，我把信件拿給校門口像是警衛的人。

「不好意思打擾一下，我收到了這樣的信件。」

警衛先生看到推薦函後就點了點頭。

「噢，你知道教職員樓在哪裡嗎？」

「不知道。」

「從這裡直走，在初代校長像那裡往右轉，會看到一棟有藍色屋頂的建築物。在那邊把這封信交給櫃台，讓對方幫你聯絡就好。」

「謝謝你。」

因為艾莉娜麗潔看起來很想勾引警衛，我趕緊扯著她的耳朵繼續往前。長耳族的耳朵很長所以拉起來很方便。

通往初代校長像的路是一條直路。

道路兩旁並排種著葉子掉光的某種樹木，到了春天是不是會開出櫻花呢？不過我也不知道這世界有沒有櫻花啦。

行道樹的外側聳立著高度大約有三公尺的磚牆。

有敵人大舉來犯時，兩側磚牆會不會冒出弓兵然後大喊「上當了」呢？

「這些全都是用抗魔磚建造的。」

「哦？」

聽到艾莉娜麗潔的發言，我也觀察起牆壁。

所謂的抗魔磚正如其名，是一種對魔力有抗性的磚塊，似乎連大規模的攻擊魔術也能夠承受。

不知道能夠承受到什麼程度，真想實際擊出魔術來確定一下。

不過我不會真的動手啦。

聽說抗魔磚的製造和販賣都由魔術公會獨占，在阿斯拉王國是只有王都才會使用到的昂貴物品。

之前在米里斯神聖國和王龍王國都沒看到，但是來到魔法三大國後卻經常看到，甚至連各處的冒險者公會的牆壁都有使用。製造法雖然是最高機密，但是說不定原料並非那麼高價。

穿過磚牆間的通路後，我們來到一片算是寬廣的廣場。

道路從這裡分成三條，中央有一座身穿長袍的女性雕像。

雕像上貼著「初代校長，第五十六代魔術公會總帥芙拉・克羅蒂亞」的名牌，這就是初代校長的雕像吧。

磚牆到這邊中斷。

正面道路前方有一整片宛如要塞的巨大校舍群。

光是視線所及的範圍，就有六棟以上的建築物。

這時，校舍旁邊像是運動場的地方突然竄出火焰。根據沒有引起任何騷動的狀況來判斷，那大概是在上課吧。

左手邊有好幾棟紅色屋頂的建築物。

那些建築物也很巨大，不但有許多窗戶，還裝設著陽台。

看陽台上曬著衣服的樣子，可能是學生宿舍吧。

好啦。

右手邊是藍色屋頂的房子，左手邊是紅色屋頂的房子。

我不是森〇家族的一員，所以往右邊走吧。（註：森林家族（シルバニアファミリー）是日本EPOCH公司發行的動物玩偶系列，搭配的房子幾乎都是紅色屋頂）

「總有一種很興奮期待的感覺呢。」

艾莉娜麗潔突然喃喃這樣說道。

「是嗎？」

「因為到處都是這麼巨大的建築物啊。」

這個蕩婦裝什麼可愛啊。

這種想法從腦中閃過，不過我後來又想到，所謂的冒險者其實很少有事必須前往哪個巨大建築，頂多只會去冒險者公會，所以看到巨大建築物的機會並不多。

「艾莉娜麗潔小姐至今去過的最大建築物是哪裡呢？」

「是米里希昂的冒險者公會總部。」

「哦～說起來那裡的確很巨大。」

我也去過米里希昂的冒險者公會。

那地方確實相當寬廣。

不過呢，因為我生前看過更巨大的建築物，所以當時並不感到驚訝。

「你真是個沒趣的孩子。像我第一次看到米里希昂的冒險者公會時，還因為太興奮而不小心抱住保羅……嘖，真是不堪回首的過去。」

艾莉娜麗潔自顧自地嘀咕，又自顧自地露出厭惡表情。

看樣子她真的很討厭保羅。居然可以讓宣稱只要男人都好的艾莉娜麗潔痛恨到這種地步……保羅到底幹了啥好事……

話說回來，他們拆夥是多少年以前的事情？

我現在是十五歲，所以是十五年前以上吧。

「恕我冒昧問一句，艾莉娜麗潔小姐芳齡幾歲？」

「哎呀，不可以詢問女性的年齡哦。」

「順便說一下，我已經快五十歲了。」

「扯什麼謊。」

我們邊聊邊走，最後到達那棟有藍色屋頂的建築物。

把信件遞給櫃台後，我們被帶往會客室。

那是一間有沙發和桌子，擺設看起來不怎麼高級的房間。

「請稍等片刻。」

櫃台阿姨把我們帶來這裡，留下這句話之後離開。

「呼……」

「常嘆氣會讓好運溜走喔。」

我才在沙發上坐定，艾莉娜麗潔也同時在旁邊坐下並依偎到我身上。

她只要坐在男人身邊一定會這樣，真是壞毛病。

但我並沒有感到不快所以放著不管。她會因為可以亂摸男人身體而感到開心，我也會因為有美女大姊姊緊貼著自己而感到愉悅，沒有任何人陷入不幸。

不幸的只有在這種狀況下依舊毫無反應的我兒子。

我一邊胡思亂想，同時觀察四周。

這間會客室的層級大概是C，沙發很硬，也沒多少家具擺飾。不過要當成接見流浪冒險者的地方算是很合適吧。

「讓你久等了。」

吉納斯副校長在大約二十分鐘後現身。明明我沒有事先聯絡就來訪，真是迅速的回應。

「我是副校長吉納斯。」

如此自我介紹的男子是個髮際已經退後很多的壯年人，看起來似乎很神經質。

根據他身上的深藍色長袍，大概擅長使用水魔術吧。

「初次見面，我是魯迪烏斯·格雷拉特。」

我立刻站起，以貴族式的問候動作向他鞠躬。

往艾莉娜麗潔那邊偷瞄一眼後，發現她也煞有介事地低著頭。

「這位小姐是？」

「我叫艾莉娜麗潔．杜拉岡羅德，是魯迪烏斯的隊友。」

「是嗎……」

雖然吉納斯對她投以「這是誰？來做什麼？」的視線，艾莉娜麗潔卻一臉無所謂的樣子。

於是吉納斯換上不再追究的態度並請我們坐下。

「我沒想到你會這麼快過來。」

「因為受到某人的建議。」

「某人？噢，是洛琪希吧。」

給我加上小姐啊這個禿額頭混帳……我在心裡這樣怒吼，但是並沒有真的說出口。（註：原文是「さんをつけろよデコ助野郎」，出自動畫電影《AKIRA》，是相當有名的台詞）

「當然老師也有建議我過來，不過這次是別的人物推了我一把。」

「哦……那麼，你願意進入本大學就讀？」

「嗯，是啊。」

面對把身體往前探的吉納斯，我有點畏縮地點點頭。

「哎呀，這真是冒犯了。活躍的民間魔術師有許多人自視甚高，尤其是像魯迪烏斯先生這種青年才幹通常有輕視魔法大學的傾向……」

「原來如此。」

「我聽說魯迪烏斯先生前陣子打倒了脫隊龍，本以為像這樣的人物不會願意進入魔法大學……」

我本身也在這兩年以來逐漸理解冒險者的傾向。

雖然會因為種族和國家而有所不同，但這世界基本上是滿十五歲算成年，大部分冒險者也差不多是在這年紀出道。不過，還是有不少人在成年前就踏入這一行。話雖如此，成年前就當上冒險者的人很少會爬到高層級。

至於那些為數稀少的「能成功爬上高層級的年輕人」，多半是自尊心的化身。

我認識兩個例子。

一個是十四歲就到達B級的少年，名字叫什麼來著……那是個非常好勝固執的傢伙，總是把我視為競爭對手。大概是因為當時彼此同年，所以他看A級的我不順眼。之前還覺得有一陣子沒看到人了，原來是在討伐委託中失敗而丟掉性命。

另一人是十五歲達到B級的少女，叫作莎拉。我不太想去回憶關於她的事情，不過她果然也是自尊心強烈，剛認識時不管大小事情都會找我麻煩。

吉納斯應該是基於這類案例，所以認為我肯定也是那種自高自大的傢伙吧。

不過很遺憾，我兒子最近不肯自己長高也不肯自己變大，大概是靈力不夠吧。

「因為我有很多想學習、調查，以及去嘗試的事情，所以覺得利用這裡是最好的辦法。啊，當然，我畢業以後會幫忙宣傳魔法大學。」

我回想起康拉德的建議並如此回答，於是吉納斯露出苦笑。

「能聽到你如此正直地表達意見，我們這邊也很感謝。」

「不過話雖如此，我還不太清楚所謂的特別生到底是什麼，所以要先聽過說明之後再詳談……這樣應該比較妥當吧。」

吉納斯正要點頭，卻又苦笑起來像是突然想到什麼事情。

「在那之前，可以請你接受一場小測驗嗎？」

「測驗？」

是獎學金資格考試之類的東西嗎……

不妙，我什麼都沒準備。跟著洛琪希學習魔術是十年前的事情，自己還記得多少呢？呃，混合魔術應該是指……

可惡，早知道我會先複習一下學過的東西再來……

「是的，是要看看魯迪烏斯先生你是否符合傳言的術科測驗。」

看樣子不是筆試，這下可以稍微放心。

★　★　★

如果他叫我再打倒一次脫隊龍，老實說我不想做。因為在下是個懦夫。

誠實傳達這點意見後，吉納斯帶著苦笑回答：「怎麼可能。」

這個人總是在苦笑，或許是個經常勞心勞力的人。

我一邊胡思亂想，一邊跟著吉納斯離開建築物。

前往的目的地是校舍群。好像要去修練樓的訓練室，也就是用來進行魔術實驗和考試的場所。

「話說回來，這裡的建築物相當多呢，有那麼多學生嗎？」

聽到這問題，吉納斯邊點頭邊說明。

「拉諾亞魔法大學和一般的魔術學校不同，也有開設普通學校的課程，因此教室的數量也隨之增加。此外，還有以貴族為對象的科系，以及適合商人的算術系等等。不過呢，基本上不管就讀哪個系都要學習魔術。」

這裡似乎針對每一個立場和目的而設置了對應的科系和課程。

也就是正如洛琪希所說，無論什麼對象都能廣為接納吧。

難怪會成為一所巨型學校。

「雖然沒有能教導帝王學的人才，不過在魔術方面的教師陣容，我們有自信甚至能遠遠凌駕於阿斯拉的王立學校之上。」

「哦。」

「基本上也開設了教導軍事的科系，但是幾乎沒有學生。」

「那麼舉個例來說，其中是不是也包括了教導精神疾病相關醫學的科系呢？」

「精神疾病相關醫學？不，實在沒能涵蓋到那方面。如果是治癒、解毒魔術方面，本校擁有引以自豪的許多優秀教師……不過醫學似乎屬於和魔術有點不同的範疇吧？」

「也是。」

也就是說此地雖然是大學，但不是大學醫院。這樣能治好我的病嗎……

算了，畢竟有人神的建議，不需要太過焦急。

「你有哪位認識的人得了病嗎？」

「也算不上是疾病……總之，是類似詛咒的問題。」

「原來如此，你是為了研究治療詛咒的方法所以前來本校嗎？真是了不起。」

「不，我並不打算著手規模大到那樣的事情啦。」

我們一邊對話，同時走進一棟建築物裡。

此處也是用抗魔磚建造，內部的格局如同體育館那般空曠，地板上有四個半徑五公尺左右的魔法陣排成一橫列。

最角落的魔法陣周圍有二十名男男女女。

所有人都穿著差不多的長袍，其中兩人踏入魔法陣裡，互相使出攻擊魔術。

那樣不會受傷嗎？

「他們是今年升上四年級的學生，應該是貴族較多的班級。本校也有考量到實戰的需要，因此會像那樣舉辦模擬戰。」

我隨便聽著吉納斯的說明並觀察那些人，只見其中一名學生使出的火球直接擊中另一人。被攻擊的學生遭到火焰包圍，不過腳下的魔法陣立刻發光，撲滅火勢。火裡走出身上沒有任何燒焦痕跡的學生。

「那個魔法陣是？」

「聖級治癒術的魔法陣，即使受到攻擊也會瞬間回復。」

「哦，真是厲害。」

「而且外緣部分還設置了上級的結界，一般的魔術攻擊無法撼動。」

原來如此。

以前在魔術教本上看到魔法陣這玩意兒時我並沒有當成一回事，不過從魔大陸回到故鄉的途中，卻多次因為魔法陣而吃癟。或許該讓自己也學會如何使用會比較好。

不過如果是現在，即使陷入西隆王國的那個魔法陣裡應該也有辦法因應吧……

我一邊這樣想，同時走進和學生們最遠的魔法陣裡。

「那麼，我該做什麼呢？」

「我聽說魯迪烏斯先生你會使用無詠唱魔術，所以請讓我見識一下。」

「只要使用無詠唱魔術就好嗎？像這種程度的要求，如果我是假貨，肯定會先做好準備喔。」

「咦？這話也有理。本校原本有一位無詠唱魔術的教師，不過去年因為年老過世了……」

吉納斯開始煩惱，卻突然握拳擊了一下手掌。

「啊，正好，其實那個班級裡也有一名能使用無詠唱魔術的學生。雖然可能比不上魯迪烏斯先生，不過卻是本校最優秀的天才，今年還進入學生會……不，這些事不重要。蓋塔老師！能把菲茲同學借我一用嗎！」

吉納斯跑向對面的魔法陣，對那邊的教師搭話。

過了一會，一名少年朝這邊走來。

對方有一頭白色短髮，臉上戴著墨鏡。耳朵很長，是長耳族嗎？個頭不高，不，或許只是因為年紀還小吧。大概十三歲左右的感覺。看起來就是秀才類型，徹底欠缺肌肉。既然是男人，應該要多加鍛鍊才對。

雖說他年紀比自己小又沒有肌肉，但是明年起會成為學長。

起碼要打個招呼才比較妥當吧。

「……！」

我在和他視線相對的瞬間立刻低下頭，大聲自我介紹。

「初次見面，我是魯迪烏斯．格雷拉特。如果一切順利，下一學期會成為你的學弟。如果我有什麼不周到的地方，還請學長多多鞭策指導！」

「啊…………咦？噢，好……好的。」

菲茲似乎想說什麼，但那時我已經打完招呼。

自我介紹這種事是先講先贏。只見他先把嘴巴一張一合，接著用力抿緊雙唇。

「我是菲茲，請多指教。」

然後以有點僵硬的語氣和偏高的聲調如此回應。

聽起來還沒變聲，果然比自己年幼嗎？不過學長就是學長，我害怕會受到陰險的霸凌，還是表現得謙卑一點吧。

「這次測驗要麻煩學長協助，還請多多關照。」

「啊……嗯。」

他進入魔法陣後，吉納斯喃喃說了些什麼，發動魔法陣。

看到地板上的魔法陣發出微弱光芒，我試著敲打外緣部分，結果手卻直接穿了出去。

「咦？吉納斯老師，沒有確實發揮功用喔。」

「魯迪烏斯先生，這個魔法陣只會針對魔術產生抵抗效果。」

「也就是物理攻擊可以通過嗎？」

在西隆碰上的好像是王級吧？

那玩意兒可以讓物理和魔術攻擊都無效。算了，以後要是有空，也針對這部分調查一下吧。

既然難得進入學校，接受哪個人的教導似乎也不錯。

「那麼，由於魯迪烏斯先生是冒險者，測驗形式為和菲茲進行模擬戰應該沒問題吧？基本上要請你使用無詠唱魔術。」

「沒有問題。」

我點點頭，轉身面向菲茲。

咦？該不會輸掉測驗就會叫我照一般學生那樣繳交學費吧？

那樣可就討厭了。雖然討伐脫隊龍之後我有的是錢，然而或許是因為度過了漫長的守財奴生活，能省下的支出總是想盡量省下。

……拿出真本事吧。

「……」

和我隔著魔法陣中心點對峙的菲茲擺出架勢。

他手上是一根小型的魔杖。真懷念，自己以前也是使用那種魔杖。

我也舉起自己的權杖，從十歲起就一直使用至今的「傲慢水龍王」，最近甚至還想幫這傢伙取名為夏琳。

不過老實說，有沒有用魔杖其實都沒有太大差別。

「……好啦。」

儘管決定要拿出真本事，不過這是我第一次和會使用無詠唱魔術的對手交戰。

基本上預想過有可能會碰上這種事情所以模擬過好幾種狀況，不過會有用嗎……

「那麼，開始！」

號令一下，我的魔眼就顯示出菲茲舉起魔杖的影像。

他大概是想靠無詠唱魔術的速度來先發制人吧？那麼，我要使用對抗魔術。

「『亂魔（Disturb Magic）』！」

我對菲茲使出亂魔。

「咦？怪了？為什麼？」

發現應該要使出的魔術卻沒有出現，菲茲以驚訝表情看著自己魔杖的前端。我一邊觀察他，同時在左手製造出平常的岩砲彈。

講來講去，結果還是岩砲彈最好用。可以瞄準精確目標又具備強大威力，想調節強度或是連續發射也很容易。在處理討伐委託時，我會用到的魔術幾乎都是這個和「泥沼」。

講的正確一點，是因為隨便使用火魔法之類的話，連自己也會被燒傷。

「這個嘛，為什麼呢？」

大小設定為小指的指尖般大。

旋轉速度和發射速度都偏高，瞄準菲茲的額頭正中央……還是換個位置好了。

射出。

岩砲彈發出咻咻聲往前飛，通過菲茲臉頰旁邊後，發出「鏘」的輕快聲響並突破結界，直接刺進用抗魔磚建造的牆壁，打得瓦礫四散，這才總算停下。

「……嗚！」

全身僵硬的菲茲臉頰流出鮮血，傷口又立刻癒合。

他伸手抹起臉頰流下的血，回頭看向後方，確定岩砲彈最後到達的位置。
接著，一屁股就地坐下。
還好我有改變目標。
治癒魔術並非萬能。雖然這是可以瞬間治好簡單傷口的聖級治癒魔術，但是如果被剛剛的岩砲彈直接擊中，也有可能立刻死亡。聖級治癒魔術無法治好當場死亡。
「……」
我的眼神和菲茲對上。雖然因為隔著墨鏡而無法確定他到底在看哪裡，不過我沒來由地可以明白彼此視線相對。
「…………」
「……」
我們兩邊都沉默著。
只有菲茲的眼神越來越強烈。
我總有種自己闖禍了的感覺。
對面的魔法陣也傳來毫不留情的視線。
吉納斯瞪大雙眼，艾莉娜麗潔在打呵欠。
「剛……剛剛那個……是怎麼辦到的……？」
菲茲聲音顫抖。

吉納斯也露出很想知道究竟發生什麼事的表情。

「那是叫作亂魔的魔術，你沒聽說過嗎？」

菲茲搖了搖頭。

他似乎沒聽說過亂魔，這魔術是不是比較冷門？不過我個人認為在碰上其他魔術師的對人戰鬥時，這招是極為有效的魔術……話說起來，自己雖然當了兩年的冒險者，卻沒有看過奧爾斯帝德以外的人使用這一招。

菲茲目不轉睛地望著我。

來自墨鏡後方的視線強烈到讓人感到刺痛。

「……」

根據吉納斯的介紹，菲茲似乎是個天才。結果卻在群眾面前一屁股坐倒在地。

我很有可能讓他丟了面子。

菲茲的視線實在刺人，我只好靜靜轉移視線。

是不是被他盯上了？

他會不會在吃飯時故意把我絆倒？而且還會進一步讓我受到牛奶和嘲笑的洗禮？那真的會讓人覺得滿心辛酸，可以的話我不想再遭受同樣對待。

好，就這樣辦。

「謝謝你，前輩！是你刻意把勝利讓給身為新生的我吧！」

我滿臉堆笑，以其他學生也能聽到的音量這麼說，然後靠近菲茲對他伸出手。

「咦？」

菲茲雖然有點困惑，還是握住了我的手。

他的手掌很柔軟，是不是沒有拿過劍呢？

「今天的事情，我以後會找一天確實回報。」

「……嗚！」

我把他拉了起來，同時貼著他耳邊悄聲如此說道，只見菲茲顫抖了一下，接著連連點頭。

等正式入學後帶著禮盒去致意吧，就這樣做。

我靜靜地如此決定。

順便說一下，測驗合格了。

吉納斯對我百般稱讚，好像是因為我既然能完全封鎖菲茲，那就無可挑剔。

★　★　★

如此這般，我在一個月後，將要住進魔法大學的宿舍。

也聽了關於特別生的詳細說明。

基本上特別生的學費可以免除，而且根據情況，也可以不必去上課。
如果本身有意願，要加入一般學生，接受按照教學大綱的授課也沒有問題。
只要出席每個月一次的班會，基本上在學校裡面做什麼都是個人自由。
可以借用研究樓的一間研究室，在那裡埋頭研究；也可以借用修練樓的一間訓練室，在那裡專注修行。
前往圖書館，沒日沒夜地看書。
待在餐廳裡，一整天大吃大喝。
或是離開大學的校地，以冒險者身分活動。
造訪魔術師公會，發表研究成果。
甚至穿梭花街，隨便玩玩也無所謂。
只是在校園以外發生的事情，似乎必須自行承擔責任。
雖然名為學生，實際上或許比較類似研究員。
不過特別生也有各種類型，其他特別生好像基本上並沒有免修課程。
我被賦予程度相當高的自由。
當然，也有禁止事項。
例如在拉諾亞王國被視為犯罪的所有行為，以及對學校的破壞活動，還有汙辱魔術公會的行為等等。

校方給了我一本薄薄的冊子，要我閱讀校規並確認詳細內容。

我當場大略翻閱了一下，看起來基本上只要按照自己的常識來行動，感覺就不會有什麼問題。或者該說，校規和冒險者公會的規約大致相同。

甚至冒險者公會還管束得比較嚴格。

順便說一下，艾莉娜麗潔也和我一起入學。

不過她是正常付錢。

如果一口氣付清入學金與到畢業為止的學費，大約是阿斯拉金幣三枚。

聽到三枚會覺得出乎意料地便宜，不過阿斯拉金幣是這世界最高價的金幣。以這一帶來說，大概只要一枚就可以游手好閒好一陣子。

再順道講一件事，只要按照規定接受考試並獲得優秀成績，似乎可以減免部分學費和入學金。還有如果實在沒錢，好像也可以畢業後再補繳。看樣子為了獲得優秀人才，校方的對應似乎相當有彈性。

算了，那些事和我沒有關係。

「唔。」

我再度把校規翻來覆去地仔細看了好幾遍。

主要是針對性方面的處罰事項。

這部分也寫得相當詳細。

「艾莉娜麗潔小姐，看來只要不是強制，校方似乎允許一定程度的自由行為。」

「真是美好的學校。你知道嗎？米里希昂的學校是全面禁止喔。」

雖然我的發言省去主詞，她依舊給出確切的回答。

果然整個腦子裡都是粉紅色的人就是不一樣。

按照生前的知識，我會覺得要是在學中有了小孩，是嚴重破壞風紀的行為。

然而在這間學校裡，從十歲前後的小朋友到超過百歲的人物都可以看到。

基本上似乎年輕人占多數，不過年齡各異，種族也不同。

既然如此，當然會有各式各樣的常識。

像艾莉娜麗潔這種身受詛咒的人也不在少數。在這種狀況下，如果校方規定禁止這個又禁止那個，或許反而更容易引起問題。

尤其生殖行為是一種本能。

總之，就是自由的校風也事出有因。

既然事出有因，就表示我可以為了取回男性的生存價值而努力。

嗚哇，加油吧！讓兒子變成大人物吧！（註：模仿日本職棒北海道日本火腿鬥士隊的齋藤佑樹選手說過的發言）

……我只是開玩笑。

反正有人神的建議幫忙打包票，很明顯已經確定會治好。
不要焦急，放輕鬆過下去吧。

第三話「入學第一天」

拉諾亞魔法大學。
這間學校擁有廣闊的校地，受到三個國家與魔術公會的贊助，是世界最大級的巨型學校。
現在的校長是魔術公會的幹部，「風王級魔術師蓋奧爾格」。
學生人數超過一萬人，教師人數也很多。
雖然標榜為「魔法」大學，但是在此可以學習存在於這世上的一切事物。
而且不會因為種族、人種、身分而受限。
例如被米里斯教團視為忌諱，世上依舊殘留著嚴重歧視觀念的魔族。
或是生性略為排外，一般認為難以共處的獸族。
還有在權力鬥爭中落敗，被放逐到國外的人族國家的王族。
甚至是天生受到詛咒，被當成燙手山芋的貴族小孩。
雖說還沒有誇張到連天族和海族學生都有，不過只要擁有強大魔力，或是和魔術有密切關係，就算多少有點問題的人也能夠入學。

聽說以前曾經因為這種做法而引起問題，不過面對同時擁有世界數一數二力量的同盟和魔術公會這兩個後盾的國家，有能力與之對抗的國家大概只有阿斯拉王國。而這個阿斯拉王國也向魔術公會投資了不少資金，因此並不想讓彼此關係惡化。

順便說一下米里斯神聖國的某一派……正確說法是神殿騎士團對於這間學校的立場採取完全反對的態度。然而這是位於世界另一頭的學校，好像也沒有嚴重到不惜發起戰爭也要將對方怎麼樣的地步。

學生的在學時間通常是七年，可以留級兩次，最長九年。

如果成為隸屬於魔術公會的研究者，似乎畢業後也可以繼續使用大學裡的設備。

雖然學校有五層樓的巨大宿舍，要不要利用則是看個人自由。

城鎮內就有住處的人會選擇從家裡通學，不過基本上學生們都住在宿舍。

我也讓學校幫忙準備了一間房間。

宿舍房間位於二樓。

是一間簡樸的房間，六坪大的空間裡有一張雙層床舖，還有桌椅各一。

通常是兩人共用一間，但是特別生是一個人獨居。

如果有意願，好像也可以安排成兩人房，但我沒有那樣做。畢竟自己來這裡又不是為了交朋友。

另外只要付錢，據說可以移動到具備大面積和高安全性的貴族用房間，但想來沒有那種必要。我至今為止並沒有做過會遭到刺客襲擊的行徑。

廁所在走廊，讓人驚訝的是採用了沖水式馬桶。

不過並不是按下拉桿就會嘩啦啦沖乾淨的設備，而是廁所角落有個水缸，要從那裡舀水過來手動沖洗。那樣一來排泄物就會沿著管線流向下水道，似乎是這樣的構造。當然校方會建議像我這種的學生不要使用水桶舀水，而是直接使出水魔術沖洗。

順便說一下，好像有安排負責裝滿水缸的值日生，但是我是特別生所以不需輪值。

學校還有提供制服。

男生制服是學生服，女生制服則類似西裝外套。

雖然中規中矩，但設計很可愛。聽說去年為止都沒有統一的制服，今年才開始有了變動。

我原本推測那麼體育服肯定是運動短褲吧！然而很遺憾，體育服是以長袍代用。

校方沒有提供也沒有指定，意思是沒有的人自己隨便買一件吧。

至於那些實在沒有錢的學生，學校似乎會發放販賣部裡最便宜的那種。

我自己有穿舊的長袍，應該沒有必要另外購買。

「如何，適合嗎？」

現在，穿上新衣的艾莉娜麗潔正在我面前展示服裝秀。

由於髮型是豪華的過肩垂直捲髮，穿著長袍的模樣怎麼看都像是在Cosplay。制服穿起來倒是還算合適。

不過呢，因為我很清楚艾莉娜麗潔的本性，所以果然還是覺得制服也很像是在Cosplay。

「要是把裙子改短，說不定會比較容易釣上男人。短到內褲若隱若現的程度。」

總之我提出建議後，艾莉娜麗潔以一臉「你是天才嗎」的表情看向我。

「可是那樣不會很冷嗎？」

「穿那種到大腿的過膝襪不就得了？」

「原來如此。不愧是魯迪烏斯，真的是天才。」

艾莉娜麗潔按照我的建議，像女高中生那樣把裙子從腰部折起來。

然後她轉了一圈，可以隱約看到她那件裝飾過度的內褲。

唔～果然制服和煽情的內褲並不搭調呢。

★ ★ ★

我們一起去參加入學儀式。

就算是這種學校似乎也存在著入學儀式這種活動，今年的新生都被集中到寒冷的校園裡。

可以看到似乎很無聊的落單少女，也有認真聆聽校長演說的少年，還有彼此認識的人隨便聚在一起閒聊的集團。

當然沒有人好好排隊，如果這裡是日本的學校，訓導主任一定會氣得罵人吧。

面對形形色色的學生，校長在磚造講台上繼續致詞。

「諸位，魔術師長年以來，一直受到劍士的輕視。沒錯，由劍神那些人創造出的劍術的確可稱為至高無上！但是！魔術同樣也是至高無上！劍術充其量只是殺人用的道具，然而魔術不一樣，魔術擁有未來！找回失傳的魔術體系，和現有的詠唱術式互相結合，達成全新進化的魔術將成為人們的——」

我和艾莉娜麗潔一起靜靜站著。

不管在哪個世界，校長的發言都很長。不過這個校長的演說不會讓我感到厭煩。是因為洋溢著對魔術的幹勁嗎？不，不對，是因為假髮快被吹走只好拚命壓住的模樣很有趣。

艾莉娜麗潔正在觀察四周，大概是在精心挑選男人。

似乎心猿意馬難以做出決定。

「我的演說到此結束，願魔導之道與諸位同在！」

最後校長用來結尾的發言，聽起來很像是哪裡的自由與正義之守護者。（註：意指電影《星際大戰》系列的絕地武士，「願原力與你同在（May the force be with you）」）

沒有安排大家一起唱校歌，應該說原本就沒有校歌。

不過倒是有國歌，但我不會唱。

「接下來，由學生會會長對新生們講幾句話。」

副校長介紹之後，有三名少年少女登上講台。

站在最前面的是擁有漂亮金髮的少女，一頭直順輕柔的長髮以編髮做出造型。身上穿著和我們一樣的新制服，然而光是走路姿勢就已經顯露出一股高貴氣質。

跟我旁邊這個冒牌大小姐真是天差地別。

不過呢，艾莉娜麗潔的行動舉止雖然欠缺氣質卻沒有破綻。

「哎呀，那不是之前被魯迪烏斯你弄哭的孩子嗎？」

聽她這麼一說，我看向走在少女背後的兩名少年。

其中一個是戴著墨鏡的白髮人物。

正是菲茲沒錯。只見他充滿警戒地環視周遭，同時走上講台。

順便一提，我想他那時候並沒有哭。

另一個是不認識的少年。

年齡大概比我大一點吧。看起來很輕浮的褐色頭髮全往後梳，腰上還插著劍。這外型不像是魔術師，從動作來看應該是劍士吧，我猜啦。

而且最特別值得一提的是，這傢伙是個帥哥。另外根據我的調查，在中央大陸諸國，五官輪廓比我認定的帥哥長相再深邃一點的類型其實才是受女性歡迎的男性長相。

是說，這傢伙長得跟保羅還挺像……

順道一提，我的長相似乎算是還不錯，但是經常被批評一笑就破功。

只有艾莉娜麗潔會稱讚我的笑容是很有男人味的帥氣笑容，但是因為很少受人肯定，我最近只會皮笑肉不笑。

三人走上講台後，周圍的年輕孩子們開始騷動起來。

「那不是愛麗兒大人嗎……」

「那麼，那一位就是『沉默的菲茲』嗎！」

「哇！是路克大人耶！」

他們似乎很有名，女學生們紛紛興奮尖叫。

我猜那個長得像保羅的傢伙就是路克吧。聽到女孩們的熱情吶喊，他揮了揮手回應。真是受歡迎的傢伙。嘖，還叫這種活像是假人模特兒AV男演員的名字……

「哎呀，好男人。」

看樣子他也獲得艾莉娜麗潔的青睞。

「安靜！愛麗兒大人要發言了！」

在路克（大概是）的號令下，周圍的嘈雜聲瞬間沉靜下來。

明明沒有使用擴音器，他還真有一套。

「請吧，愛麗兒大人。」

確定現場已經恢復安靜後，少女往前一步。

「我是愛麗兒．阿涅摩伊．阿斯拉，身為阿斯拉王國的第二公主，也是掌管魔法大學學生

會的會長。」

她的聲音滲透到無聲現場的每個角落。

那聲音刺激耳朵後，連大腦也隨之受到震撼。

這大概是所謂的領袖魅力吧。不只音質清晰透亮，而且會讓人覺得聽起來很舒服。

「諸位來自世界各地，其中想必也有些人的常識和我們有很大的差異。但是，這裡是魔法大學，是受到和各位故鄉不同秩序所保護的場所。」

少女發言的內容，基本上就是校規。

告訴大家就算碰上不同於自身常識的事情也要遵守校內規定，就只是在說這種事情。

然而她這番話卻像是要潛入內心深處那般確實扎根。

沒錯，無論如何都必須遵守規則。之所以會產生這種想法，並不是因為自己原先是日本人吧。完全是因為她如此要求，才會讓我想要聽從。

「──那麼，祝大家能度過愉快的學生生活。」

愛麗兒最後這樣作結，然後走下講台。

這時，菲茲的視線突然捕捉到我。明明隔著墨鏡而無法看清，但不知為何，他的視線卻強烈到讓我可以確定彼此眼神一定有對上。

真不妙，我得快點去買個禮盒找他致意才行……

入學儀式結束後，我和艾莉娜麗潔各分東西，獨自前往校方指定的教室。

必須參加每個月一次的班會。

根據聽來的情報，包括我在內，目前的特別生似乎只有六個人。不過每個人好像都不好惹，全是些問題人士。

吉納斯副校長有拜託我千萬不要和他們起衝突。

就算他沒有特別吩咐，我也不打算和別人相爭。

不管對方說了什麼，我都會放低姿態應付過去。

我一邊這樣盤算，同時走向三棟並排校舍的角落，位於三樓最深處的教室。

途中的地面上畫了一條線，還標明：「前方是特別生教室」。

真像是遭到隔離，不過特別生應該可以在校內自由走動啊……

不，或許正好相反。因為這些人自尊強烈容易引起問題，所以這是要避免一般學生靠近的貼心安排嗎？況且只要在名稱加上「特別」兩字，大概就可以讓他們深信自己確實與眾不同。

胡思亂想的我到達目的地，只見門上的牌子寫著「特別學生教室」。

「……打擾了。」

我靜靜開門，低聲打著招呼並輕手輕腳走進室內。

教室裡呈現出一種總讓人感覺熟悉的光景。有嶄新的黑板，類似講台和講桌的設備，還排列著木製的桌椅。窗戶雖然全都緊閉著，教室內卻很明亮。

和寬廣的空間相反，座位上只有四個人。

首先是最前排，有一個邊看書邊寫字……大概是正在自習的少年。

長到蓋住眼睛的暗褐色頭髮讓人印象深刻。他往這邊瞄了一眼，立刻把視線放回書本上像是失去興趣。

教室深處，最裡面的靠窗座位坐著兩名少女，都是獸族。

其中一個正在啃咬似乎很有嚼勁的帶骨肉塊，同時用充滿懷疑的眼神望著我。是狗系的獸族。

另一個則雙腳蹺起放在桌上，雙手繞到腦後交握，身體大搖大擺地向後仰，還毫不客氣地瞪著這邊。是貓系的獸族。

看到這兩人，會讓我回想起在德路迪亞村認識的那兩個小女孩。她們叫什麼名字啊？總之都是好孩子。相較之下，眼前這兩個傢伙有點沒規矩，簡直像是小太妹。

然後，是最後一個特別生。

我覺得自己好像在哪裡見過這傢伙。是一個臉頰瘦長，戴著圓框眼鏡，學生時代的綽號大概叫作史巴克的男子。（註：《星際爭霸戰（Star Trek）》的史巴克（Spock））

他愣愣地盯著我看了一陣子，接著突然起身，臉上依舊是那副訝異表情。

我發動預知眼。

「師……師傅——！」

那傢伙把桌子打飛，就像是覺得很擋路。
接著彷彿化身為犁式除雪車，排山倒海而來。
他把教室裡的桌子接二連三撞飛，朝著這邊衝了過來。沒錯，他衝了過來！
「岩砲彈！」
這裡要給予迎頭痛擊。（註：漫畫《TWO突風！》裡的著名橋段）
「師傅啊啊啊啊！」
即使被我的岩砲彈直接擊中臉部，還發出巨大聲響，他卻連晃都沒晃一下。
剛剛的威力要把成年男性打醒應該十分足夠，居然完全沒有效果。
怎麼會，難道這就是神子的力量嗎？
這傢伙抓住我的腰，打算順勢用力把我舉起。
「冷靜冷靜，克制一下克制一下，肩膀不要用力，放輕鬆點，冷靜下來，快住手！」
我準備承受撞向天花板的衝擊，不過最後只是被舉高而已。
「師傅！您忘記本王子了嗎！我是札諾巴啊！」
笑容滿面的札諾巴動作慎重地抱住我。
他說他是磯什麼一家的少奶奶？（註：指《海螺小姐（サザエさん）》的主角磯野海螺）
「嗯，我當然還記得。徒弟啊，這樣實在很恐怖所以請放開我。」
這個人是西隆王國的第三王子，札諾巴・西隆。

札諾巴似乎是以留學作為名義，被祖國塞進這間拉諾亞魔法大學。

正常來說無法控制力量的神子根本和咒子沒兩樣，只會成為騷動的源頭而遭到校方拒收，然而魔術公會裡有研究詛咒和祝福的機構，神子自然成為貴重的存在，也是最佳的樣本。

似乎是基於這種理由，魔法大學接受札諾巴成為特別生。

就是那種雖然要把他當成研究樣本，但也給予上課的權利作為代價的感覺。

對於札諾巴來說，好像也正好對魔術產生興趣，因此這次機會算是一場及時雨。

「本王子以師傅為目標，把每天的時間都用來訓練土魔術！」

精神可嘉的弟子如此說道。

「是這樣嗎，看到殿下如此健康真是太好了。等我安定下來之後，再一起製作人偶吧。」

「是！」

札諾巴笑容可掬地點點頭。

這感覺真不錯，讓我回想起國中時的學弟。當時我洋洋得意地說自己懂得組裝電腦後，對方好像也是以這種感覺來親近我吧。

「哎呀，在這間學校裡，殿下是學長呢。你現在是幾年級？」

「二年級。但是，請不要稱呼本王子為殿下或學長，請直接叫我札諾巴吧。因為師傅是本王子的師傅啊。」

「札諾巴。」

「是，師傅。」

我和札諾巴正在像這樣閒聊，突然響起像是有什麼東西重重落地的聲音。

我忍不住往聲音的來向望去。原來是獸族少女把蹺到桌上的其中一隻腳放了下來。

另一隻腳還是擱在桌上。由於她穿著裙子，好像可以看到那個部位。

「真看不順眼喵。」

喵！

語尾會喵喵叫的就是德路迪亞族。

還有艾莉絲……不，別去回想。要是回想起艾莉絲的事情，感覺會陷入受挫狀態。

「喂，札諾巴，你這傢伙跟那個新生在嘰哩呱啦說個什麼啊？」

「莉妮亞小姐，這一位是本王子以前提過的師傅……」

「我不是在問你那種事喵。」

貓耳少女似乎很不爽地抬起腳跟用力敲向桌面。

「喂，札諾巴，你這傢伙到底有沒有搞清楚狀況喵？聽得懂我說的話嗎？你說啊？」

札諾巴的表情變僵硬了。

怎麼回事……這傢伙該不會受到霸凌吧？

我記得札諾巴應該很強啊……不，也有可能單純只是軍中那種講究梯次的學長學弟制。會打架的傢伙不見得就能爬到高層是世上常有的事情。

「明白的話就把那傢伙帶過來。」

她揮了揮手，示意我過去。

「對不起，師傅……」

「不，沒關係。」

我按照命令靠近貓耳少女。

貓耳少女和犬耳少女都以凶狠的眼神瞪著我，是以前的我會被嚇到雙腳發抖的那種視線。

不過，現在卻覺得不怎麼可怕。

該怎麼說？這種時候應該要更進一步……

也就是不能只靠眼睛瞪人，還要加上殺氣會比較好吧？

我認識的真正狠角色（瑞傑路德）就是那樣做。

「妳好，初次見面。我叫魯迪烏斯·格雷拉特，從今天起要麻煩妳多多關照。我會小心不要隨便多管閒事，還請多多指教。」

我深深低下頭，對她做出日本式的鞠躬。

不管怎麼樣，對這種人最好的做法就是擺出謙虛態度。然後盡可能不要和對方有所牽扯。

叫莉妮亞的貓耳少女咧嘴一笑。

「很好，我不討厭老實的傢伙喵。我叫莉妮亞·泰德路迪亞，是五年級喵。別看我這樣，

我可是大森林德路迪亞村戰士長袞耶斯的女兒喵。不久之後會當上族長，你最好從現在起就好好服侍我喵。」

聽起來她果然是德路迪亞族。

而且還是袞耶斯的女兒。說起來，他是不是跟我提過長女去別的國家留學了？

原來是在這裡啊，真令人懷念。

「噢！原來是這樣嗎！我之前去德路迪亞村時有受到袞耶斯先生的照顧！哎呀！真是讓人感動！居然能在這種地方碰到恩人的女兒！啊，也就是說妳是袞斯塔夫先生的孫女吧？我也受到袞斯塔夫先生多方照顧！雨季期間還麻煩他提供房子讓我借住！」

「啊……噢……是喔……你……你認識爺爺啊……」

我機關槍般地講了一大串後，莉妮亞目瞪口呆地看向我。

還有雖然這事並不重要，不過因為她剛剛踢桌子的衝擊，現在可以看到那個部位。

原來是水藍色。這時在旁邊吃肉的另一個女孩動了動鼻子，然後皺起眉頭。

「好臭……」

突然講這種話真是沒禮貌，難道是在罵我很臭嗎？

但是我並沒有表現出來，而是優雅地對著犬耳少女行禮。

「抱歉打擾，可以請教學姊妳的大名嗎？」

「…………我叫普露塞娜，其他和莉妮亞差不多的說。」

「普露塞娜小姐……真是個好名字！請多多指教！」

她摀住鼻子，用力轉開頭。

「……法克的說。」

最後那句話是在罵粗口嗎？

像她這樣的少女說這種話，叔叔我反而會很興奮。

不管怎麼樣，我的先發制人算是成功了吧。今後不會被她們莫名其妙地隨便找碴……希望如此。

「……」

札諾巴以像是在煩惱什麼的嚴肅表情旁聽我和兩人的對話。

等到遠離她們之後，他壓低音量向我發問：

「師傅，您為何要這般低聲下氣？」

「……我的徒弟，迴避不必要的爭吵也是很重要的事情。」

「是這樣嗎……既然師傅如此吩咐，那本王子也沒有什麼好說。」

札諾巴似乎很不甘心地點了點頭。

我不知道他之前被對方怎麼折騰過，但是下次要是這傢伙又有可能遭到霸凌，我要好好出面袒護他。霸凌不該發生，絕對不行。

「喂！我說你！」

當我正忙著思考這種事，後方突然傳來聲音。

「是？有什麼指教嗎？」

回頭一看，那個坐在最前排的少年站了起來。

「你剛剛是說你叫魯迪烏斯嗎？」

「是的，我叫魯迪烏斯．格雷拉特。今後請多關照，學長。」

看到我低頭致意，少年表現出不知所措的反應。

「我是克里夫．格利摩爾，是個天才魔術師。」

這個人是天才魔術師？

真了不起，居然自稱是天才。不會覺得難為情嗎？

「雖然我是二年級，但攻擊魔術已經學會所有屬性的上級，治癒和解毒還有神擊魔術也是上級。結界魔術還是初級，不過很快會升上中級。這間學校沒什麼像樣的教師。」

「真是厲害。」

我率直地送上稱讚。

這下可以理解為什麼他敢自稱天才。

居然二年級就學會多達七種魔術的上級，到底要付出多少努力才能辦到？

像我的治癒魔術只有中級，解毒更慘，才初級。

我原本就認為人外有人天外有天，果然世界上真的有這種厲害傢伙。這就是特別班的水準嗎？

自尊心之所以沒有受損，大概是因為自己在水魔術方面已經取得聖級吧。

「我花了兩年才學會四種攻擊魔術的上級，學長你真是了不起。」

「…………嘖！你不要太得意！」

我明明是真心誇獎，克里夫卻狠狠咂嘴顯得很不高興。

他瞪著這邊，一副隨時要衝過來揪起我領子的態度。不過我的個子比較高，他必須稍微往上看。

「你不只會使用魔術，也懂得劍術吧？」

「嗯，是啊，雖然是練休閒的程度……」

基本上，我擁有劍神流中級的水準。

但是水神流方面已經差不多都忘光了。

儘管有練習揮動木刀作為重量訓練的一環，但是不曾在實戰中使用劍術。

老實說，明明艾莉絲和瑞傑路德還有其他劍士使用身體強化就像喝水般簡單，自己卻不管花多少時間都沒辦法辦到，所以我已經有一半放棄劍術這條路。

以冒險者身分度日的那段時間裡也完全沒有用到劍術。

話說回來……

「關於我會用劍術這件事，學長是聽誰說的？」

「…………是艾莉絲小姐。」

我的心臟猛然一跳。

他是在過去兩年裡見過艾莉絲嗎？還是……難道那個艾莉絲她……前來魔法大學？

「她也在這間學校裡？」

「啥？怎麼可能啊。」

克里夫冷淡地回答。

說得也對。事到如今，那個艾莉絲不可能還上什麼學。

「呃……請問，你和她是在哪裡認識的？」

「……」

對方沒有回答，只是繼續瞪著我。

我有問了什麼奇怪的問題嗎……啊！該不會這少年以前曾經被艾莉絲痛毆過吧？

對不起對不起，我家的艾莉絲真的很對不起。

「那個……她還有提到什麼關於我的其他事情嗎？」

克里夫瞪我的眼神宛如凶神惡煞。

他毫不客氣地把我從頭到腳打量一遍後。

「哼……她說過你（個子）很小。」

「…………是……是嗎，她說我（那裡）很小……」

我好想哭。

果然她是因為那樣才會離我遠去嗎？如果能更 BIG 一點……

話說起來和莎拉那次，她看我的時候好像也一臉「哎呀，比想像中還小呢」的表情。

不是啊，那是因為沒有變大所以才會顯得小，只要充滿幹勁地挺立，就能夠展現出宛如獅子的威猛。

「啊……總之，我和她分開兩年，現在也成長了不少。」

「咦？你和艾莉絲小姐分開了？」

「嗯？」

怎麼覺得彼此的對話有點對不上。

我感到不太對勁。

在我開口確認這種不對勁感到底是什麼之前……

「哼！算了，反正你這種人根本配不上艾莉絲小姐！」

內心卻遭到這種發言重創。

克里夫哼了一聲，回到自己的座位。這傢伙是必須特別注意的人物。

之後，教師來到教室，只讓我做個自我介紹並簡單通知幾件事情後，班會就此結束。

少了一個人。

「咦？不是還有一個特別生嗎？」

我對札諾巴發問後，他搖了搖頭才回答。

「塞倫特前輩可以不必參加每個月一次的班會。」

「理由是？」

「這個嘛，本王子也不清楚。」

最後一個人好像叫作塞倫特（Silent）。

是不是果然無法使用陰術呢？（註：指電玩《復活邪神：邪神領域》裡的角色「塞倫斯（Silence）」，他在作品中沒辦法獲得「陰術」這種術法的資質）

「想必是個很厲害的人吧。」

總覺得自己在哪裡聽過這名字。

「這個人交遊廣闊，聽說動不動就會對校方提出各式各樣的意見。例如增加學校餐廳的菜色，製作魔道具等等……好像連這個制服也是塞倫特前輩的提案。根據傳言，那個人是因為獲得七大列強之一的推薦，所以校方給予特別待遇。」

我腦裡想像出一個像是瘋狂科學家的男子。

身穿白衣，戴著牛奶瓶底般厚重的眼鏡，手上還拿著裝有綠色液體的燒瓶。

就是那種腦袋很好也能得出成果，可是人格方面大有問題的感覺。

雖然我不知道實際上如何……只是既然那個傢伙交遊廣闊，自己以冒險者身分活動時要是有在哪裡聽過塞倫特這名字也很正常。

「塞倫特前輩平常好像都窩在自己的研究室裡，不過有事時就會出來，我想師傅您總有一天也會見到面。」

札諾巴這樣告訴我。

順便說一下，塞倫特似乎是三年級。所以是我的前輩，遇到的話記得也要擺出謙恭態度。

如此這般，我成功融入特別生裡。

★ ★ ★

班會結束後，札諾巴他們都去上課了。

其他人並沒有獲得免修課程的待遇。

克里夫一副認真模樣，去上課可以算是理所當然；但是莉妮亞和普露塞娜雖然看起來就是會罷課的樣子，實際上好像有認真出席。

根據札諾巴所言，大約兩小時後就是午休時間，還笑容滿面地邀我一起吃午飯。真是讓人開心。

我過一陣子以後也去上課吧。

不過，我不能弄錯目的。自己絕對不是為了念書才前來這間學校。

話雖如此，也不能白白發呆兩小時，因為我也不是來玩的。

所以現在我決定先四處看看學校內的設施。

基本上我已經問清楚各教室的位置也看過地圖，不過還是實際走一趟會比較好吧。

這樣想的我邁出腳步。

首先來到保健室。

這間學校的保健室很大，裡面排放著大約八張病床，還有兩名治癒魔術師隨時在此待命。代表就是會有這麼多人因為魔術的事故而受傷吧，現在也有一個身高大約是我兩倍的男子躺在擔架上被抬了進來。

他按住一邊的手臂，腳也歪往奇怪的方向。其中一名治癒魔術師用手壓在受傷部位上並迅速詠唱出中級治癒魔術的咒語，於是男子臉上的痛苦表情隨即緩和下來。

我怕自己待在這裡會礙事，因此離開現場。

看了看入口的牌子，發現上面寫著「第一醫務室」。居然不是保健室。

接下來，我前往體育倉庫。

這間倉庫位於之前進行入學測驗的修練場隔壁，入口當然有上鎖。必須去教職員樓拿鑰匙，或是找體育老師借用，要不然就是要靠無詠唱魔術輕鬆開鎖，否則無法進去。

我用無詠唱的土魔術兩三下開了鎖，溜進倉庫裡。

裡面有點霉味，而且感覺充滿灰塵。

這裡看起來與其說是體育倉庫，反而更像是普通的倉庫。皮革製的頭盔和胸甲如同劍道面罩那般被一一排列在櫃子上，角落裡擺放的好幾根魔杖很像是插在傘架裡的雨傘。還有用鐵製成的稻草人，以及裝著不明白色粉末的罐子。

但是，沒有我想找的東西。

這間學校似乎不跳高也不做地板運動，沒看到體操墊。是說，這裡的名稱也不是體育倉庫，而是「修練用具室」。

我原本打算接下來要去屋頂看看，但是這學校裡的建築物大部分都沒有頂樓平台。也因為這裡是降雪較多的地區，基本上都採用傾斜角度比較陡的屋頂。聽說好像有那種屋頂下的閣樓，但總之今天還是算了。

由於去不成屋頂，我決定要前往圖書館。

這間學校的圖書館是獨立的建築物，因此我離開校舍。走了十幾分鐘後能到達的兩層樓建築就是圖書館。

我正想進去，卻在類似玄關的地方被警衛攔住。

「站住！」

「咦？」

「我沒見過你，是新生嗎？怎麼不去上課？」

「呃……是的，我是新生。因為是特別生，可以免修課程。」

「學生證拿來給我看看。」

我雖然緊張到有點形跡可疑，還是從懷裡拿出前些日子才剛拿到的學生證遞給警衛。

警衛目不轉睛地打量我的臉並確認身分。

接著進行仔細的搜身檢查。

這些動作都結束後，警衛告訴我使用圖書館時的大略注意事項。

・在圖書館裡禁止使用魔術。

・館內圖書基本上嚴禁攜出，但是有一部分可以出借。

・若想借出，必須取得館內管理員的許可，並且在借閱簿上留下紀錄。

・當然，若是損毀或弄髒書籍都必須接受處罰。

這是隨處可見的圖書館規定，不過要是嚴重損毀書本，好像也有可能會罰款甚至退學。

順便一提，這間圖書館裡的書基本上都是手抄本。就算是手抄本，弄壞了還是會被退學。

畢竟這個世界裡的書籍非常昂貴，這是理所當然的處罰。

「真是戒備森嚴呢。」

「因為以前有把書偷偷調包的不法之徒，而且居然還把偷走的書拿去市場上變賣。」

「原來是這樣。」

我向警衛致意後進入圖書館，傳來一股書本特有的味道。

一種雖然帶有霉味，但也可以說是墨水味或紙張味的獨特味道。我不經意地看了一下，發現入口旁邊就設置著廁所，難道是為了因應青木Mariko現象嗎？（註：原文為「青木まりこ現象」，一種去到書店就會突然有便意的現象）

我對圖書管理員稍微打了個招呼，然後繼續往裡面前進。

入口附近擺放著桌椅，內部是一整排的高大書架。

「哦哦……」

我忍不住發出感嘆。來到這世界以後，我曾經看過好幾本書，不過還是第一次見識到有如此大量的書籍排列在一起的光景。

圖書館採用挑高格局，二樓同樣被書架占據。

到處都有桌椅的理由，大概是因為果然會有不少人來這裡進修吧。況且如果想要調查什麼，這裡想必是最恰當的地方。

「啊。」

這時，我回想起人神的建議。

「魯迪烏斯，去拉諾亞魔法大學就讀吧。你要在那裡調查菲托亞領地的轉移事件，如此一來，你身為男人的能力與自信應該能取回。」

直到現在，我一直只注意到最後那句話。

但是他前面還有提到要我調查菲托亞領地的轉移事件。

真的好險，我根本忘得一乾二淨。

不過，這下正好。既然此處有這麼多書，應該也能夠針對轉移進行詳細調查吧。

好啦，眼前是整片書海，我要從哪裡開始下手才好？

「是不是該去請教管理員……？」

不，我搖了搖頭。

總之，大概沒有必要立刻開始行動。

關於那個轉移事件的真相，似乎連阿斯拉王國也還沒能查明，所以應該不是我隨便調查一下就能馬上釐清的問題。如果很快就能查清，想來人神也不會叫我進入這裡就讀，而是會叫我溜進來調查才對。

順便再提一件事，人神有叫我調查轉移事件，但是並沒有要我查明一切。

說不定是在調查期間會發生什麼事情。

總之，我現在只要先弄清楚什麼地方放了哪個分類的書籍就可以了吧。

這樣想的我開始在書架之間亂晃。

真的有各式各樣的書籍。雖然大半部分都是使用人類語，不過其中也有看到魔神語和獸神語，還有用鬥神語寫成的書籍。陌生的文字是天神語嗎？或是海神語？真希望能翻譯成我看得懂的文字。

「啊！」

這時，背後突然響起壓低音量的叫聲。

我回頭一看，眼前是戴著墨鏡的白髮少年。他懷裡抱著幾本書和卷軸，正在看著我這邊。

是菲茲。

我趕緊換上立正站好的姿勢，對著他低下頭。

「之前真是非常抱歉，都是我欠缺考慮的行動才會導致那種讓學長丟了面子的狀況。我一直想找個時間帶上禮盒去找學長致意，但無奈身為新生，實在有很多事情忙不過來……」

「咦！……沒……沒關係，你把頭抬起來吧。」

生前，我尊敬的人物中有個叫 masa 的人。

他是只靠下跪磕頭就能度過世間各式風浪的上班族。在他的處事技巧當中，有一招是：「萬一闖了什麼禍，要先在廁所等地方找機會拚命謝罪，讓自己不會在重要場合突然被怒斥」。

（註：漫畫家《地獄三澤（地獄のミサワ）》在自己部落格上創作的角色「masa」）

看樣子這招真的有用。面對我突然的謝罪行動，原本對我沒有好感的菲茲一整個慌了手腳，感情似乎也有點偏往願意原諒我的方向。

成功了。

「魯迪……呃，你是叫魯迪烏斯吧？在這裡做什麼？」

「我有些事情想調查。」

「調查什麼？」

「轉移事件。」

聽到我的回答，菲茲皺起眉頭。

我有講了什麼奇怪的發言嗎？

「調查轉移事件？為什麼？」

「我原本也住在阿斯拉王國的菲托亞領地，在那次的轉移事件中被傳送到魔大陸去了。」

「魔大陸！」

菲茲的驚訝反應有些誇張。

「嗯，後來我花了三年才回到故鄉。在這段期間，家人好像都被找到了，不過其他認識的人連一個都還沒找到，所以我想難得有此機會，可以來詳細調查看看。」

「……難道你是為了調查轉移事件才進入這間學校？」

「是的。」

我當然不能說自己是為了治療 Erectile Dysfunction。

不過呢，說自己想調查轉移事件並非謊話。畢竟我心裡也有想查明那個事件為什麼會發生的想法，然而關於這方面，只不過是略有這種心意的程度。

「是嗎，果然……很了不起呢。」

菲茲這樣說，搔了搔自己耳朵後面。

明明什麼都還沒發現就說我果然很了不起，到底是怎麼一回事呢？是因為經過之前的模擬戰鬥，讓他姑且承認了我的實力嗎？

算了，其實怎樣都好。

「學長在這裡做什麼呢？」

「啊，對了，我是在拿資料。我要先走一步了，魯迪烏斯同學，下次見。」

「噢，好的，下次見。」

菲茲以慌張態度這樣說完，就回過身子打算前往管理員那邊。

然而他走了幾步之後，又突然回頭看向這裡。

「啊，對了！關於轉移，你可以看一下亞尼馬斯寫的《轉移迷宮探索記》。雖然內容是故事形式，但寫得很淺顯易懂。」

最後留下這句話的菲茲離開現場。

感覺這個人似乎不太擅長言詞，不過並不會讓人覺得不快。

對測驗的事情好像也沒有懷恨在心。雖然隔著墨鏡的視線很強烈讓我產生誤解，不過或許他意外地是個好人。

後來我向圖書管理員問清《轉移迷宮探索記》放在哪裡，專心閱讀這本書直到午休時間。

這本書並不厚，大小跟手帳差不多，頁數還不到一百頁。

內容是一個出身於北方大地，名叫亞尼馬斯·馬坎多尼亞斯的冒險者挑戰迷宮的故事。

他挑戰的迷宮是「轉移迷宮」。

那是內部所有陷阱都是轉移陷阱（Teleporter）的罕見迷宮。

住在裡面的魔物有五種。

這些魔物全都擁有高度智商，詳知迷宮構造，知道踏上轉移陷阱後會被傳送往哪裡。萬一運氣不好因為中了轉移陷阱而踏入某些固定地點，就會被埋伏於那裡的大量魔物殺害。

要在戰鬥中避免踩到轉移陷阱是非常困難的事情，只要戰況稍微混亂一點隊伍成員就會立刻被拆散，因此這裡被分類為困難度極高的迷宮。

亞尼馬斯和同伴一起挑戰這個迷宮，同時調查內部的轉移陷阱。

轉移陷阱主要有三種。

一種是單向的轉移。雖然必定會到達固定的地點，但是沒有辦法回到原地。

一種是雙向的轉移。會出現用來回到原來地點的魔法陣。

還有一種是隨機的轉移，不知道會被傳送到什麼地方。

在轉移迷宮中，基本上要靠著不斷利用魔法陣轉移才能朝深處前進。然而在這些魔法陣中也混著隨機轉移的陷阱，要是弄錯踏上這些隨機陷阱，隊伍成員就會各自分開，落入必須一個人迎戰大量魔物的下場。

書上也記載了關於如何分辨出隨機轉移魔法陣的考察。
亞尼馬斯等人利用在冒險中期發現的這個分辨方法順利深入迷宮內部。
他們漸漸得意忘形了起來，認為這個迷宮等於已經被自己攻破。
然而，那個分辨方法並非完全準確。他們在冒險最後分辨失敗，踩中隨機轉移陷阱。亞尼馬斯被大量敵人包圍，雖然失去一隻手臂，但總算從迷宮內生還。
然而，他一口氣失去了三個同伴。
亞尼馬斯自己的身體也沒辦法再戰鬥，只能放棄冒險。
故事在此結束，寫著那個迷宮的攻略要託付給讀過這本書的人。
真是一個不知道是虛構創作還是真人真事改編的故事。
話說回來，居然會把隊伍拆散再以滿滿怪物伺候，真是相當凶狠的迷宮。
我生前玩過的ＲＰＧ電玩裡也出現過類似的迷宮，然而和那些把遭到破解作為前提條件的電玩不同，闖入這個世界的迷宮後，有可能無法到達終點。
根據從其他冒險者那裡聽來的情報，好像迷宮的構造一定會通往最深處的魔力結晶。但是即使出現一兩個根本沒有終點的詐欺迷宮，我也不會感到驚訝。
這本書的最後，記載了關於隨機轉移的考察。
儘管隨機轉移名為「隨機」，不過被轉移的範圍似乎有一定程度會依照魔法陣而定。
此外就算是在洞窟內部，好像還是幾乎不會發生被轉移到土裡的狀況。

書裡面有寫到，亞尼馬斯推論這是因為轉移目的地的魔力和被轉移物體的魔力會互相排斥，跟無法在他人體內製造出攻擊魔術應該是相同的原理。

講到「無法在他人體內製造出攻擊魔術」這點，我之前懵懵懂懂地已經明白。

然而，治癒魔術卻可以在他人體內運作。我想這部分就是自己沒辦法使出無詠唱治癒魔術的理由之一……不過現在先把這件事放一邊去。

總之關於轉移，大概也是有類似的例外理論在發揮作用吧。

可以讓攻擊魔術在土裡產生，但是轉移不行。

說不定理論出乎意料地單純，只是因為「如果想把人類身體移動到已經有其他東西存在的空間裡，必須消耗額外的魔力」這種沒什麼大不了的原因。

我正在思考這些問題，就聽到正午的鐘聲響起。

時間過得真快。

★★★

我前往和札諾巴約好的會合地點，一起前往餐廳。

餐廳也是獨立的建築物。

這裡是三層樓，好像已經用樓層來隔離出不同學生的區域。

三樓是人族的王族和貴族，二樓是人族平民和獸族，一樓是冒險者和魔族。

這與其說是差別待遇，更應該說是族群區隔吧。如果人族的貴族和冒險者與魔族一起吃飯，會發生不必要的糾紛。畢竟光是餐桌禮儀就有很大的差異。

我原本認為自己是冒險者所以在一樓就可以了，但……

「來吧來吧，請往這邊走。」

從領餐櫃台拿到札諾巴推薦的套餐後，我被他拖往三樓。

「嗚……」

剛走完樓梯到達三樓，就可以感覺到樓上人們的視線一口氣集中到我身上。

一方面大概是因為我散發出一股平民味道吧，而且我現在的打扮也是扣分。

因為外出會冷，所以我在制服上套了長袍。

這是在五年前購買的長袍，下襬已經破破爛爛，胸口留有一大片縫補痕跡。再加上最近有長高，所以有點太小，長度也明顯不夠。

講白一點，就是看起來很寒酸。

雖然一、二樓有好幾個人也是穿著長袍抗寒，但三樓完全沒有這樣做的人。

他們都穿著似乎很暖的斗篷或開襟針織毛衣。

如果要舉個好懂的例子，目前的狀況類似所有人都穿著西裝，只有我一個人身上是整套運動服。就算是對服裝沒什麼堅持的我，這種氣氛也未免太難以忍受。

「札諾巴，我覺得這裡的氣氛跟我有點不太合，我們至少去二樓吧？」

「二樓不行，因為莉妮亞和普露塞娜在那裡。」

「那一樓呢？」

「一樓有很多連餐桌禮儀都不懂的粗人，本王子畢竟也是王族，不該加入那些傢伙。」

「那麼我們乾脆分開吃飯吧。」

「這太殘忍了！本王子至今都見不到師傅，您知道我忍耐了多久嗎？起碼吃飯時要一起……」

「請你不要逼自己的師傅忍耐好嗎？」

我們在樓梯角落吵了起來。

雖然這裡的樓梯相當寬廣，但是經過的學生還是擺出感到我們很礙事的態度。

「哇啊！是路克大人！」

這時，樓下傳來一陣騷動。

那些興奮尖叫聲越來越靠近此處。

「路克大人～下一次請找我～」

「討厭啦，路克大人真是愛欺負人！」

「那個，路克大人，下次的約會我也可以一起去嗎？」

在女學生簇擁下走上樓梯的人是一個帥哥。

「哎呀，不好意思，我的原則是一次約會只會帶兩個人出去。妳們看，我只有兩隻手，要是帶了三人以上出門，不就會有人落單嗎？」

「咦～好遺憾喔～」

「哈哈，抱歉啦。畢竟我這麼受歡迎，下次有機會再跟妳約會吧。我記得下個月左邊是空著的。」

邊講著驚人台詞邊從樓下出現的人，是那個長得像保羅的少年。

兩側都跟著胸前制服繃得很緊的女孩。少年摟著她們的腰，臉上掛著輕浮笑容，一步步踏上樓梯。

我記得在入學儀式看過這傢伙，應該是叫路克。

姓氏是啥？天〇者嗎？（註：電影《星際大戰（Star Wars）》四部曲後的主要人物之一，路克·天行者（Luke Skywalker））

自己正在胡思亂想，視線卻跟他對上。

「你……」

路克瞇起眼睛。

原本掛著輕浮笑容的表情也越來越嚴肅。

「記得是菲茲的……」

聽到這裡，我立刻低下頭。

這個人好像也知道我和菲茲那場模擬戰的事情。菲茲本人似乎已經不再介意，但說不定他還因為同伴吃癟而感到火大。因為這種傢伙會很在意所屬集團整體的面子。

「初次見面，我是魯迪烏斯．格雷拉特。從今天起要在這間學校裡接受指導，還請多多指教，學長。」

「嗯，我知道你是誰。我聽菲茲說過了，你記憶力好像很差。」

路克似乎很不高興地看著我。

自己的記憶力很差……嗎？我不懂這句話是什麼意思，他是在說我忘了什麼？

「那麼，你知道我叫什麼嗎？」

「不……」

聽到他突然講出這種像是世紀末霸者之弟會問的問題，我搖了搖頭。（註：指漫畫《北斗神拳》裡的人物「傑基（ジャギ）」）

雖然我聽說過路克這名字，但不清楚他的本名。與其用不上不下的知識胡亂回答，老實承認自己不知道應該比較好吧。

「是嗎，你根本沒把我放在眼裡嗎？我想也是。」

「對……對不起，如果方便的話，可以告知學長您尊姓大名嗎？」

路克很不高興地盯著我的臉瞧了一會，才哼了一聲。

「我叫路克．諾托斯．格雷拉特。」

以不屑態度拋下這句話後，他從我前方走過。

「什麼啊～不覺得實在太誇張了嗎？」

「是說那件長袍真是土氣到極點！下襬都磨破了～」

「既然破了，買件新的不就得了～」

那些活像跟班的女孩們也連番開口批評，但是我的耳朵根本沒把這些話聽進去。

路克．諾托斯．格雷拉特。

我父親保羅原本叫作保羅．諾托斯．格雷拉特。

難道他是保羅的私生子？

不，不可能。保羅已經捨棄「諾托斯」這名字，既然對方光明正大如此自稱，表示他應該是我的堂兄弟之類吧。

「師傅，您被麻煩的傢伙盯上了呢。」

「剛剛那樣果然是被盯上的狀況嗎……」

「路克那傢伙是阿斯拉的上級貴族，姑且算是學生，但也是愛麗兒公主的護衛。」

「……不管怎麼樣，我們還是別在這裡吃飯吧。」

「實在沒辦法。」

之後，我們決定採用妥協方案，去餐廳外面吃飯。

反正天氣不錯，我利用土魔術隨手做出桌椅，設置出一個即興的露天咖啡座。

我每用出一個魔術，札諾巴就在旁邊感動地「嗚喔喔」大叫。

看到他在自己眼前表現得如此感動，我也覺得很開心。

吃飯時，我向他詢問關於愛麗兒公主以及其隨從一行的情報。

愛麗兒・阿涅摩伊・阿斯拉，十七歲。

是貨真價實的阿斯拉王族，也是第二公主。

她是在子嗣方面並沒有受到上天特別眷顧的阿斯拉王妃唯一的女兒，年紀輕輕就擁有排名第三位的王位繼承權。

王妃生下愛麗兒公主後，由於產後恢復得不好，導致無法再生育。換句話說，愛麗兒公主是唯一由阿斯拉王妃生下的正統嫡系子女。

除了愛麗兒，阿斯拉還有兩名意圖登上下任國王寶座的王子。

第一王子格拉維爾，以及第二王子哈爾法斯。

兩人旗下都聚集了大量在阿斯拉王國也身處頂峰的權貴分子。

因為只要擁立的王子成為國王，自己就能在其下享受好處，所以這些權貴分子都拚命地想把各自支持的王子推上寶座。

然而勝算較大的人選旗下會有很多人加入，似乎不一定有機會分到一杯羹。畢竟大臣之間也有所謂的上下輩分，這是理所當然的狀況。

輩分較低的人會遭到輕視……所以沒有機會分到好處的人們就投向新出生的第二公主旗

下，形成被稱為第二公主派的派閥。

然而他們是最弱的派閥，不但因為轉移事件引起的各種糾紛發展而造成集團掌權者失勢，第二公主本身甚至還被逼上差點遭到殺害的絕境，

要是被殺等於一切就完了。

因此，愛麗兒似乎是以留學作為名義逃進了這間學校。

這樣的公主身邊跟著兩名護衛。

其中之一是菲茲，外號「沉默的菲茲」。他是能夠使用無詠唱魔術的魔術師，也是在公主差點被暗殺時，發揮出驚人戰鬥力反過來除掉刺客的高手。

雖然看得出來是長耳族，不過關於他出身何處又是如何成長等情報全都是一團謎。

明明有能力傳授無詠唱魔術的人物有限，好像卻查不出他的師傅是誰。

愛麗兒一行人似乎也有試圖隱藏他存在的傾向。

由於這些狀況，有傳言信誓旦旦地指稱菲茲其實是阿斯拉王宮私底下偷偷培育的冷酷戰鬥機器（Killer Machine）集團的成員。不過根據和我對話的態度，我不覺得他看起來像那種人啊。

另一名護衛是路克。

路克・諾托斯・格雷拉特。

是諾托斯現任當家皮列蒙・諾托斯・格雷拉特的次子。

聽說他原本就被內定為愛麗兒公主的守護騎士，打從一出生就接受精英教育。

即使愛麗兒遭到名為留學實為流放的境遇，路克仍舊繼續擔任守護騎士的原因，似乎是為了留一條保險用的後路，好因應萬一公主哪天又東山再起，重新加入王位爭奪戰時的狀況。

據說這些人打從一入學就持續受到關注，成為羨慕的對象，同時也受到敬畏。

「不過請您注意一下，這些情報也包含了本王子自己推測的部分。」

最後，札諾巴這樣作結。

「嗯。謝謝你……是說札諾巴，你還真清楚啊。」

「因為有人要本王子去調查。」

「誰？」

「兩個愚蠢的獸族。」

「是莉妮亞和普露塞娜嗎？」

「是的。」

回答的札諾巴滿臉苦悶，他是不是被當成跑腿小弟？

「札諾巴……你是不是被那兩個人欺負？」

「欺負？不，本王子只是因為戰敗所以投降加入對方陣營，就是這麼回事。」

「陣營啊……」

札諾巴的表情雖然有點複雜，但語氣很平靜。

既然他自己可以接受那就算了……但是所謂的霸凌行為都會私底下進行。要是這傢伙受到這種困擾，我很想幫助他。

話雖如此，對方的力量還是未知數。我想和札諾巴聯手應該有勝算，不過德路迪亞族在獸族裡好像也是特別的種族，感覺和她們敵對說不定會連其他獸族也一起惹毛，所以很恐怖。

畢竟那些傢伙馬上會以偏見看待事物，彼此的常識又差別太大……

不，當然其中也有好人，例如基列奴。

不管怎麼樣，我站在被霸凌者的這一邊。

「要是對方可能會對你做什麼討厭的事情，請來告訴我。我雖然力量微薄，還是會出手幫忙。」

「哈哈哈，本王子不會給師傅造成麻煩，請您放心。比起那種事，我們來聊聊人偶吧！」

札諾巴這樣說完，哈哈大笑了起來。

唔……算了，再觀察一下狀況吧。

★★★

吃完午飯後，我再度四處閒逛。

然而我沒想到其他還有什麼地方該先去看看，所以大略逛過校舍內一圈之後，又回到圖書館。

我到處尋找關於轉移的文獻，但是我壓根兒沒有利用過圖書館。
光是找書就花了相當多的時間。
我請圖書管理員讓我看看藏書列表，然後從裡面挑選出名稱包括「轉移」兩字的書籍文獻，再去書海裡把符合條件的對象找出來。
光是這樣就耗掉好幾個小時。
而且有些找到的書並不是關於轉移的詳細文獻，有些使用了專門用語和艱澀詞彙，有些根本是我不懂的語言，大部分都是欠缺知識就無法讀懂的東西。
「總之，如果要正式展開調查，至少需要準備筆記本……」
就算想用自己的腦子來記住也有限度。
察覺這點的我麻煩管理員幫忙把這些書保留到明天，然後離開圖書館。

外面已經是日落時分。上完課的學生們三三兩兩地開始走回宿舍。
好像也有人是要去圖書館。
我逆著人流，往販賣部移動。
販賣部位於主校舍的入口附近，這一區的感覺很像雜貨店。
進入內部後，可以看到有好幾個學生正一團和樂地在買東西。
我大略掃視一圈，可以看到魔術教本、魔石、長袍、木劍、初學者用的魔杖，到包包、鞋子、肥皂等日常用品。另外，還放著肉乾和燻肉等食品以及裝有飲用水和酒等飲品的瓶子。
簡而言之，就是什麼都有。
我隨便買了筆、墨水、一疊紙和用來把紙張串起來的繩子，然後離開現場。
自己明明是來上學，卻沒有先買好這些東西。
或許會被批評真不知道是來做什麼的，不過當然，我是為了治療自己的疾病。只是目前還沒有任何頭緒。
走出販賣部後，周圍已經變暗。
路邊沒有設置路燈，不過道路本身微微發光，因此我就這樣往前走。
儘管冬季已經過去，但路上還留著一點殘雪。我一邊小心腳步避免滑倒，同時加快速度走在通往宿舍的路上。
周圍沒有任何人。
遠方傳來吵鬧聲，讓我感覺自己似乎誤闖了剛好無人的空間。
從主校舍開始移動的話，會先到達女生宿舍，之後才是男生宿舍。通路會從橫向通過女生宿舍前方，繼續往前延伸。
我沒有多想，直接走向那條路。
就在此時——
「嗯？」

上面突然有個東西掉下來。

是白色的，但不是雪。

我反射性地抓住那東西。

「哎呀……」

攤開一看，那是純白的布製品。

上面有著裝飾，不過並不花稍，而是給人一種清秀的印象。

講得具體一點，這東西就是「內褲」，而且看起來相當高級。

至少比艾莉娜麗潔平常穿的內褲還高價。

或許是哪個人想要把這東西晾起來陰乾。抱著這想法的我抬頭往上看，只見陽台某區有一個人探出頭。那是失主嗎？

我覺得自己跟失主的視線應該有對上，然而周圍太暗，沒辦法看清楚對方的臉。

可是，好像在哪裡看過……

「……呃，這是你掉……」

「呀啊啊啊啊！內褲小偷！」

咦？

女學生的尖叫聲並非來自上方，而是從後面傳來。

我慌忙回頭一看，只見有個人影正指著這邊大叫。

這是誤會啊！當我意識到這一點時，已經慢了一步。

叫聲後沒多久，陽台上的窗戶紛紛打開。

然後，直接從一樓衝出一個又一個的人影。

等我注意到時，自己已經遭到包圍，而且還保持著高舉內褲的姿勢。

我實在不明白到底發生什麼事。

「啊……那個……」

「哼！」

站在最前方的人是個體格相當健壯的女學生。

不知道該稱之為女生還是女性，還是該形容成山賊或大猩猩？甚至根本就是大猩猩？總之是這種感覺的人物。

她的肩膀寬度將近是我的兩倍。

是獸族嗎……不，可能是魔族。

「變態人渣！」

那女學生看著混亂的我，不屑地啐了一口。

這種突然開口痛罵別人的行徑，真不像是被稱為森林賢者的大猩猩會做的事。

怎麼回事？究竟是什麼狀況？

為什麼我會突然被當成內褲小偷？我的確是個對內褲充滿興趣的十五歲少年，但這次我並沒有想偷走，也沒有試圖去聞啊。我只是看到天上掉下來一個東西，並且在那東西落地前搶先攔截，然後想要還給失主而已。

「等一下……請等一下，我什麼事都沒做啊！」

「什麼都沒做？」

活像大猩猩的女學生抓住我的手臂。

她的手掌也很大。

「那，你手上的東西又是什麼？」

我手中的確有個物體。

她一臉這就是鐵證的表情。

周圍的視線刺得我渾身發疼，毫無疑問是充滿敵意的視線。我的雙腳開始發抖。

「那不是愛麗兒大人的內褲嗎？就算你再怎麼憧憬公主殿下，居然敢在這種時間大搖大擺地跑來偷內褲，真是恬不知恥！」

聽到大猩猩小姐的怒斥，旁邊的女學生也紛紛讓我受到「沒錯！」「變態！」「去死！」等各種謾罵的洗禮。到底是怎樣，我快哭了。

「好了，你給我過來！我要讓你後悔到再也無法做這種事！」

我的手臂和肩膀都被抓住，還遭到拖行。

儘管試著稍作抵抗，卻只是讓鞋子在地面上留下兩道拖痕。

雙方力量是天差地遠。我自認有在鍛鍊，但擁有的肌肉實在差太多了。

況且基本上，她的手臂未免也太粗了吧，看起來有我的兩到三倍。

我會就這樣被拖進宿舍裡，然後被迫承受令人慘不忍睹的私刑嗎？

就因為這種誣告。

不然，要逃嗎？

我明明沒做壞事啊。

可是要是逃走，會不會等於是在宣傳自己有錯？

怎麼辦，在電車上被冤枉成色狼的情況會不會就是這種感覺？

好好解釋的話能讓對方理解嗎？雖然她看起來已經單方面斷定我是內褲賊……

不，這種時候才該擺出強硬態度。

畢竟自己什麼壞事都沒有做。

這樣想的我使出土魔術來固定住雙腳。

發現拖不動我之後，大猩猩露出感到意外的表情。接著，她以一種彷彿已經看透我的態度開口嘲笑。

「哦？這是怎樣，你打算乾脆擺爛並大鬧一場嗎？明明是內褲小偷還這麼厚臉皮，你該不會是認為自己面對這麼多人還有機會打贏吧？」

實際上如何呢？觀察周遭狀況之後，我不覺得自己打不贏。

因為以冒險者身分活動的時候也經常面對複數敵人，所以如果是這種程度的人數，應該總有辦法對付。

只是啊……關於內褲小偷這個指控，就算在這裡大鬧一場，我還是會被貼上內褲賊這個標籤。

那部分是誣告，然而一旦我出手，就會再追加對婦女施暴的罪行。到時這部分就不是在冤枉我。

甚至有可能被她們發動連署，逼我退學。

傷腦筋，到底該怎麼辦才好？

「等一下！先不要把他帶走！」

這時，偏高的少年聲音響遍現場。

「菲茲大人！」

「咦？是菲茲大人？」

「菲茲大人說話了？」

「聲音好好聽……」

「他為什麼在這裡？」

推開人群出現的人，是個一頭白髮還戴著墨鏡的小個子少年——是菲茲。

「抱歉，那件內褲是我在晾衣服的時候不小心弄掉的，他只是幫忙撿起來而已。」

菲茲邊喘氣邊介入我和大猩猩之間，幫我提出辯解。

大猩猩哼了一聲。

「菲茲……大人，我知道愛麗兒大人連清洗貼身衣物這種事都交給你來做，不過……」

她頓了一下，繼續說道。

「那件事和今天這事是兩回事。這傢伙的問題是在這種時間來到這種地方，但是大家都知道有日落之後只有女性可以走這條路的規定。」

是這樣嗎？可是沒有禁止通行的告示牌啊。

菲茲看了困惑的我一眼，然後搖搖頭開口回應：

「這個人是新生，而且是住單人房的特別生，所以沒有室友。大概還不懂宿舍的詳細規則，希望妳們能放過他。」

菲茲拚命幫我辯護，連旁邊的我都可以聽出他語氣裡的拚命氣勢。

儘管不明白這是為什麼，但實在讓人感謝。

大猩猩把臉轉向我這邊，一臉在質問：「這話是真的嗎？」的表情。

我連忙用力點頭。

但是她依然繼續抓著我的手臂，盯著菲茲的臉看了好一陣子。

「哼，既然向來沉默寡言的菲茲大人都為他辯護到這種程度，想來應該是事實吧。但是，這傢伙違反宿舍規矩也是事實。所以我要讓他接受懲罰，好殺雞儆猴……嗚！」

她正打算再把我往前拖，卻突然停止動作。
不知何時菲茲已經拔出魔杖，把前端對準大猩猩的臉。
「我說過他沒有犯錯吧？總之，妳給我放手……！」
「菲……菲茲大人……？」
聽到這帶有怒氣的聲調，周圍騷動起來。
在昏暗天色之中，還是可以看出大猩猩的臉色越來越白。
「還是說，在場的所有人都想被送進醫務室裡？」
他的聲音雖然比較高亢，發言內容卻帶有魄力，也散發出確實的殺氣。可以感覺到旁邊的女學生們都倒吸了一口氣。
好帥，我也想像這樣充滿氣勢地放狠話。
「嘖……我明白了。」
大猩猩有點粗暴地放開我的手，原本從後方把我身子架住的女孩也退開了。
手腕傳來刺痛感，不過應該不需要用上治癒魔術。
「菲茲大人，今天就算賣你面子吧。不過，那邊的傢伙給我聽好！以後到了從現在起的時段，別再過來女生宿舍附近亂晃！要是下次又被我逮到，我可不會再放過你！」
丟下這些發言後，大猩猩走回先前跳出的窗口。
其他女學生也以強烈視線瞪了我一眼，然後紛紛離開。

轉眼之間，現場的女性全部消失。

「呼……真是的，辛馨亞蒂同學總是不聽別人講話……」

菲茲嘆著氣目送她們離開。

剛剛的大猩猩似乎叫作辛馨亞蒂，真是個強而有力的名字，正可說是人如其名。

接著他才剛轉身面向我，立刻低頭致歉。

「對不起，都是因為我弄掉內褲才會演變成這種狀況。」

為什麼身為男性的他會在女生宿舍裡洗內褲啊。

一般來說會有這種疑問，不過據說菲茲是深受愛麗兒公主信賴的護衛，想必有特別獲得許可。

畢竟他看起來很誠懇老實，全身都散發出無害的感覺，而且很可靠，又年輕，戴著墨鏡看起來也是個帥哥。不過與其說是帥哥，其實更像可愛型的男生。

不妙，我覺得自己有點動心。明明對方是男性……

講得文雅點是有戀愛的感覺，講低俗點就是我甚至可以舔他的腳。

「不，菲茲學長你沒有錯……讓我得救了。」

「說什麼得救了……明明你只要拿出真本事，她們大概已經都被打傷了吧。」

這時，我察覺他慌忙前來解圍的理由。

他是擔心我真的動手會讓女學生們受傷吧，意思是這次行動反而是為了維護那些人的安危。

不過呢，如果是那種原因，總覺得他還是很設身處地為我著想。

如果這是少女漫畫，大概已經突然開始上演愛情故事。

「不過，我還是因為事出突然而嚇了一跳，剛剛到底是怎麼回事？」

「啊，噢……辛馨亞蒂同學也有提到這件事，就是在日落之後，男學生不可以靠近女生宿舍。」

「是這樣嗎？不過，校規上並沒有這條……」

「這是住宿生之間定下的規矩，要求男學生在太陽下山之後不能使用這條路，必須繞遠路回男生宿舍。」

這就是所謂的區域限定規矩嗎？

雖說我的確是不知情，不過要是能有個人先告訴我就好了……例如札諾巴。

「我不曉得有這條規矩。」

「這也無可厚非，但你以後要注意喔。」

「是。」

這還用說。

以後就算是大白天，我也不會再踏上這條路吧。我到現在還是會害怕有許多人對自己投以敵對視線的狀況。不過如果包圍自己的是魔物，或是可以用一隻手就數完的人數就沒問題。

一大群女孩子的視線，強烈的敵意。一回想起來就讓我發抖。

「總之，真的非常感謝。要不是有菲茲學長你出面救我，真不知道會有什麼下場……」

「別在意，我只是做了應當做的事情。」

應當做的事情嗎……

回想起來，我總覺得自己這幾年以來總是在承受誤解與誣告。從獸族開始，然後是保羅、奧爾斯帝德。我的長相真的那麼容易讓人懷疑嗎？

可是，菲茲學長並沒有擅自斷定我有錯。

他反而站在我這邊支持我，而且保持公平的立場。雖然追根究柢來說是他本身的疏失，但明明入學測驗時我還讓他丟了面子…

真讓人高興。

菲茲學長。看起來他的個性直爽，沒有對測驗的事情懷恨在心，在圖書館碰面時還給我建議。明明在學校裡很吃得開，卻不會因此自以為是。剛才也是仔細判斷狀況並出手幫忙。雖然外表像個正太，但人格高尚。

學長。

沒錯，我要好好稱呼他為學長，要充滿敬意地稱呼他為菲茲學長。

「基本上，魯迪烏斯同學你即使靠自己的力量也可以突破先前的狀況，而且不會讓對手受傷吧？」

「沒那回事，學長，真的非常感謝你。」
我低下頭道謝後，菲茲學長似乎很不好意思地搔著臉頰。
「啊哈哈……聽到魯迪烏斯同學對我道謝，感覺好奇怪喔。」
「咦？為什麼會那樣覺得？」
我回問之後，菲茲學長露出靦腆的笑容。
「……這是祕密。」
我不由自主地因為這笑容而心跳加速。
如此這般，我在學校的第一天劃下句點。

閒話「希露菲葉特1」

早晨，我被鳥叫聲喚醒。
往窗外一看，天色還顯得有些昏暗，朝陽大概還要一段時間才會升起。
「嗯……唔唔～……」
為了振奮在抱怨還想睡的大腦，我撐起上半身，離開不算豪華也不算簡陋的床鋪，伸了個懶腰。

接著從床鋪底下拉出木桶，利用魔術裝水，把臉洗乾淨。

洗好臉後立刻進行準備運動，檢查自己的身體狀況。

包括屈伸動作和左右弓箭步，轉動手肘與肩膀，最後是深呼吸。

今天的身體狀況似乎也不錯。

果然是因為作了個好夢吧。

今天的夢境裡出現了魯迪，是魯迪抱住我的夢。雖然我不記得他為什麼要抱住我，不過還記得自己感到很幸福。所以等我醒來時發現那只不過是一場夢，忍不住感到很失落。

做完準備運動後，我走向衣櫃，把睡衣換成便於活動的服裝。這是用柔軟素材製成的淺褐色上下成套服裝，沒有半點女孩子味。

我原本打算就這樣直接外出……

「啊，可不能忘了。」

最後，我戴上可以完全蓋住頭髮和耳朵的帽子，才走出自己的房間。

房間隔壁是豪華的寢室。

寢室裡放著一張附頂篷的床鋪，上面睡著一個擁有漂亮金髮的「公主大人」。

天使般的睡臉還沒有出現要清醒的跡象。若要讓她起床，名為清晨的這段時間還太早了。

為了避免早吵醒「公主大人」，我躡手躡腳地通過寢室，移動到再隔壁的房間。
那裡有一個臉上還帶著點睡意的少年坐在椅子上。
上半身雖然穿著普通的襯衫，不過下半身是皮褲，腰間還掛著劍。
頭髮是白色，臉上被一副大大的墨鏡遮住雙眼。
因為身材纖細所以看起來有點像少女，但是全身散發出的氣質毫無疑問是少年。
在他旁邊的桌上放著一個緊急狀況用的叫人鈴。只要搖響那東西，隔壁房間的同型鈴鐺就會跟著大聲響起。已經安排好只要發生那種事，在隔壁待機的「公主的騎士」與「公主的隨從」就會跳起來衝進這裡。
這是為了萬一有人在半夜前來襲擊「公主大人」，可以透過這樣做來發出警告的裝置。
「早安，菲茲。」
「嗯……早安，希露菲。」
我對著少年打招呼後，「菲茲」露出溫和的微笑，也跟我問好。
這個「菲茲」是「公主的隨從」之一，也是我的朋友。
明明處於隨從這立場的他應該很忙，但只要一有空，他就會請我教導無詠唱魔術或是去進行調查，是個很有學習熱忱的人。真要說起來，我也可以算是他的師傅。雖然我不會真的以師傅自居，不過聽說「菲茲」有時候會稱呼我為師傅。
「公主大人」起床前，「菲茲」都不會離開這房間裡的這張椅子吧。

因為「菲茲」很認真工作。

「妳今天也要去跑步？」

「嗯，因為長期累積成果對這方面是很重要的。」

「這樣啊，慢走。」

我離開房間，避免妨礙到「菲茲」。

走廊寂靜無聲。

早晨特有的寧靜支配了走廊。

我很喜歡這種安靜。

平常很熱鬧吵雜的地方，只有這種時間會沉靜下來。

話雖如此，和深夜又不太一樣。雖然深夜也很安靜，卻有什麼潛藏於某處，呈現一種陰森森的感覺。

我在走廊上靜靜前進以免吵醒其他房間的人，然後從設置於建築物中央附近的樓梯往下移動。

直接走到一樓，從玄關外出。

在天色薄明的空間中走了幾步後，我回過身子。

一棟有著紅色屋頂的巨大建築物占滿自己的視線。

那是拉諾亞魔法大學的學生宿舍。

目前，我住在這裡。

★★★

我每天早上的日課是慢跑。

這是和魯迪分開後就一直持續至今的習慣。

練跑是很重要的事情。剛和魯迪分開沒多久的時候我還不太懂這個道理，不過現在就很清楚。在緊要關頭，已經精疲力竭覺得不行了的時候，能不能再擠出力氣往前跑將成為決定自己是生是死的關鍵。

無論擁有多強大的魔術，具備多高明的劍術，會在最後發揮出效果的還是體力。

必須讓自己在最疲勞的時候更能展現出最佳表現才行。

嗯，雖然的確是那樣沒錯，但我本身也很喜歡跑步。

自己的腳步聲，自己的呼吸聲。清晨慢跑時，只會聽到這兩個聲音。

而這兩個聲音會讓我的思緒越來越清晰，腦袋也清楚起來。慢跑期間的自己，是一天中最聰明的我。

「呼……呼……」

我開始每一天的慢跑預定額，是要在魔法都市夏利亞裡一直移動，跑到自己覺得「再也跑不動了」的那瞬間為止。

這樣一來，可以讓我對城鎮的地理環境變熟悉，也能夠隨時確認自己的極限。

這並不是其他人教我的做法。

不過，我認為如果魯迪站在我的立場，他一定會這樣做吧。

「……」

我在工房區裡往前跑。

如果是商業發達的地區，會因為一大清早就在卸貨而吵吵鬧鬧，但這一帶很安靜。

只是，根據可以感覺到動靜的現狀來看，工匠們似乎已經開始行動。

聽說在工匠中，也有很多人是白天睡覺，然後熬夜工作。

也就是說，或許有些人接下來才要就寢。

我一邊推測這些事情，同時把比較有特色的店家名稱灌輸進腦袋角落，然後試著進入過去沒有走過的狹窄小巷。

魔法都市夏利亞的街道構造並非特別複雜。

只是隨著城鎮發展，小巷會逐漸增加，一條不確定通往哪裡的路結果還是連向另一條陌生巷子的狀況所在多有。

我打算把這些路全部記進腦子裡。

因為我相信魯迪他一定會這樣做。

「啊，原來是通往這裡嗎？」

穿過小巷之後，我來到熟悉的大街。

從工房區裡有特別多工匠住處和工房的區域，來到販賣工匠作品的店舖四處林立的商業區。

原本必須沿著更大條的街道繞好大一圈才能夠到達這裡，沒想到這種地方居然有路可走……

我想大概是工匠們平常使用的道路。

只要記住這條路，以後想從學校去商業區買東西時，可以稍微抄一點近路。

「嘻嘻，回到學校以後也告訴大家吧。」

我一邊為了今天能得到一個成果而開心，同時繼續往前跑。

「啊，已經是這時間了嗎？」

又跑了一陣子之後，我看到太陽升上天空。

是朝陽。

在清晨慢跑能獲得的最大獎賞，就是可以看到這個日出光景吧。

日出是很棒的景象，不管待在哪個國家都能看到，也會讓人心情舒暢。不管看多少次都不會看膩。

話說回來，最近或許是鍛鍊出體力了，會在自己覺得再也跑不動之前就先看到日出。

從明天起，說不定該更早起來會比較好。

在腦裡這樣評估的我回到學校。

到達宿舍後，正好是「公主大人」起床的時間。

她以還沒清醒的表情坐起上半身，然後慢吞吞地下床。

「希露菲……早安。」

「早安。」

打完招呼後，「公主大人」站起來把雙手張開成T字。

看到她這個動作，我和在隔壁房間警戒一整晚沒睡的朋友立刻去拿「公主大人」的衣服。

幫「公主大人」更衣是我們在早上的第一件工作。

一開始我完全沒辦法適應，因為「公主大人」的服裝和我熟悉的服裝從最基本的穿法就已經不同，而且還有一大堆鈕釦和繩子。

不過，魔法大學在一年前引進制服。制服明明很有設計感，不知道為什麼卻很單純好穿，所以為「公主大人」換衣服時也輕鬆很多。

我幫她解開釦子脫下睡衣，等穿上貼身衣物之後要……

「希露菲……今天那件胸罩的感覺不對。」

「公主大人」有時候會提出一些任性要求，我會乖乖聽從，沒有任何怨言。

現在的我，立場跟她的奴隸差不多。

要聽從她的指示，按照她的意願行動。

我對於這種狀況本身並不覺得討厭。

在那個轉移事件中，我受到「公主大人」的幫助。

當然，她那樣做多少也是基於某種利己的理由吧。長期在旁邊觀察，我知道「公主大人」是能利用的東西就要拿來利用的人。

可是，自己是因為那樣才能夠活到現在仍舊是事實。

所以我想要盡可能去幫助因為遠離故鄉而承受各式辛酸的「公主大人」。

老實說，我不確定她心裡到底對我有什麼看法。

剛相遇那陣子，我曾經醉心於她那種溫柔的態度，不過到了最近，我已經慢慢理解「公主大人」的本性。

雖然她會展現出似乎能迷倒所有觀眾的笑容，然而那大部分都是虛假的笑容。

是一種要讓對象安心，操控對方做出有利自己行動的笑容。

這種笑容出現的頻率很高，甚至讓我覺得說不定自己過去看過的笑容全都是虛偽的笑容。

不過，就算是那樣也沒關係，「公主大人」是什麼樣的人並不是很要緊的問題。

重點是她救了我。在我感到痛苦寂寞時，她設身處地為我著想，讓我能夠安心。

所以，她就是我的朋友，是我出生至今的第二個朋友。

要說是摯友也可以。

雖然和魯迪的情況有點不同，但我覺得有這種朋友也很好。就算我知道「公主大人」的本性，也不會因此討厭她。

這樣的「公主大人」目前待在遙遠的異國，承受辛酸孤獨。

既然這樣，我有義務要幫助她。這次換成我來幫助她。

「……希露菲，怎麼了？」

「『公主大人』不笑的時候反而才自然放鬆呢。」

「哎呀……會說這種話的人只有妳一個。」

這樣說完，「公主大人」露出笑容。這也是裝出來的笑容嗎？不過，就算笑容是刻意裝出來的，也不代表她的內心其實很不愉快。而是一如往常的「公主大人」。

「……」

話說回來，「公主大人」的皮膚很細緻漂亮。

為了能擁有這樣的肌膚，我是不是也該在哪方面努力一下比較好呢？

尤其現在因為剛剛才去慢跑所以到處都沾著灰塵，大概也滿身汗臭味……

「好，換好了，『公主大人』。」

「謝謝，妳在吃飯前先去清潔一下吧。」

聽到她這樣指示，我回到自己的房間。

從床底下拉出木桶，用魔術裝滿熱水。

這地區在目前的時期還很冷，無詠唱魔術在這種情況下真的很方便。

「呼……」

不過，講到胸罩……

「公主大人」擁有各式各樣的胸罩，每一件都非常可愛。雖然幾乎都是「公主大人」從家裡帶來這裡的東西，不過魔法都市夏利亞裡有一家利美特商店似乎能從阿斯拉王國便宜採購這類衣物，所以在貼身衣物方面的種類很豐富齊全。當然，也有貼身衣物以外的商品。

這件事先放一邊去，總之我的胸部很小。儘管自己的確擁有長耳族的血統，不過還是小得讓人傷心。

甚至到了不需要穿胸罩的地步。

「其實再大一點也好啊……」

我的長耳族血統展現出強烈的特徵。

雖然教我「返祖現象」這概念的人是魯迪，但是如果我真的是繼承到祖先，應該也有胸部豐滿的祖先吧。而且從我的綠色頭髮來推論，更久遠以前的祖先應該也流有魔族的血統，況且基本上媽媽她擁有四分之一的獸族血統，胸部還算大……

老實說，只要一點點也沒關係，我希望自己的胸部可以再長大。我欠缺所謂的女人味，雖然至今為止都不需要，但說不定將來會有需要。

而且被喜歡的對象當成男性實在太悲哀了……

「呼……」

我邊嘆氣邊擦拭身體，整理好外觀儀容。

當然，也有把胸罩穿上。雖然覺得沒有必要，但是「公主大人」規定穿胸罩是我的義務。

我把用過的熱水倒進房間角落的水桶，晚一點要拿來洗衣服。

「好，今天一天也好好加油吧！」

我拍打一下自己的臉頰，走出房間。

★ ★ ★

課堂講學很無聊。

魔法大學的課程內容大部分是在複習我已經跟魯迪學過的知識。

只要像這樣聽講，就能明白魯迪在魔術方面到底有多博學。

畢竟就算提出魔術教本上沒有寫到的問題，他也可以流暢地給予解答。

最近傳授高難度混合魔術的課程很多，不過在所謂的混合魔術中，似乎有很多不確定理論的案例，因此說明經常是：「混合這個魔術和那個魔術之後會產生像這樣的現象，但是還沒有查明箇中理由」。

魯迪很熟悉這方面的理論。

說不定那些是魯迪獨有的理論，然而他至少會以我能夠理解的形式來講解，而且比起教師偶爾會提出的「個人見解」，能讓我信服的理論更多。

（我說，希露菲……那個魔術是基於什麼原理？）

（那是……如果把用火堆燒紅的石頭放進裝水的鍋子裡，水就會立刻沸騰吧。是同樣的道理——）

我一邊聽著無聊的授課內容一邊回憶魯迪的教導，偶爾回答「公主大人」提出的問題。

「公主大人」很認真學習，連回到故鄉後應該就不太會用到的事情也想要好好學習。不只是為了拿到好分數，而是想去理解魔術這種東西。

混合魔術很困難，同學年的學生中也有人跟不上，「公主大人」卻很努力。

這種積極的態度讓我很有好感。

正確說法是，我覺得自己果然還是喜歡積極又有學習熱誠的人。

不過，這大概是魯迪造成的吧。

因為魯迪是那樣，所以我喜歡行動和他類似的人。

我覺得自己差不多該效法那種人去學習新知……不過，身處目前的狀況實在很難辦到，而且也沒有空。

話雖如此，我並不怎麼認為這種狀況很辛苦。

一方面因為「公主大人」是我的朋友，況且我想自己原本就不討厭在哪個人手下做事。嗯，老實說，比起為自己去做什麼，我更喜歡為了別人行動。

這樣的我似乎有時候會讓「公主大人」和「朋友」感到焦急，叫我要更有主見，還建議我偶爾應該要去找找看有沒有什麼喜歡的事物。

可是目前，我本身還沒有無論如何都想去做的事情。

不久之前覺得必須去尋找因為轉移事件而下落不明的雙親，不過也已經找到了……正確說法是知道他們已經死了。

既然如此，我現在想為了「公主大人」這種擁有遠大目標的人做事。

不過我也覺得如果找到自己想做的事情，朝著那方向行動也不錯。

目前是什麼情況呢？

好像也不是不能說我有一點點想做的事情。

只是我又覺得那跟「想做的事情」似乎又有點不同。

這種感覺是什麼呢……真難懂。

（希露菲，希露菲……！）

（什麼事，公主大人？）

（下一堂課是術科實習，妳在發什麼呆？）

（……啊，是，我知道了。）

總而言之，我現在並不會感到不舒服。

這間學校裡有形形色色的學生。

基本上，來自拉諾亞王國、巴榭蘭特公國、涅里斯公國的人很多。

不過，也有像公主大人這種從中央大陸遙遠國家來這裡留學的人族。

或是從遠方大森林前來的獸族和長耳族。

還有出身魔大陸的魔族。

就像這樣，有世界各地的學生聚集於此。

人族以外的學生似乎有很多人都是混血，所以我在周遭中也不會顯得特別突兀，可以順利過日子。

這間學校準備了完善的宿舍，只要支付入學金，生活就會獲得保障，而且還能進一步接受教育，等到畢業之後甚至可以加入魔術公會。若能成為擁有魔法大學畢業證書的魔術公會成員，想在其他國家的學校裡當上魔術教師也是很簡單的事情。魔法大學具備這種水準的權威。

而且不只這樣。只要在學年數越多，也會逐漸可以選擇和魔術無關的課程。要取得對就職有利的一技之長也不是難事。

所以，也有那種長年以來都以冒險者為業，然後在退休的同時進入魔法大學，利用至今賺到的報酬來支付費用的人。

至於所謂的術科，是讓我們實際使用所學魔術的課程，不過隨著學年增加，主要內容會逐漸切換成學生之間的模擬戰。

然後，和那些說自己以前是冒險者的人們進行的模擬戰真的非常有趣。

實戰經驗豐富的他們在學科方面雖然成績不是很好，但是一換成術科實習就會發揮出真正的價值。

簡而言之就是很強。

年齡上已經即將步入中年的那些人會動作得比我們這些年輕學生們更敏捷，行動也更加狡猾。

雖然年輕學生中也有人會做出奇特行徑，或是以有趣的方式來使用魔術。

不過，那充其量只是奇特和有趣而已。

並不能帶來勝利。

但是原本是冒險者的那些人不一樣，那些乍看之下似乎沒什麼意義又處處多餘的行動會確實為他們帶來勝利。

「胡利庫特先生還是這麼強呢。如果方便的話，能不能給我一些建議？」

「我認為你進攻時應該要再往前半步，待在物理攻擊無法接觸到對方的位置無法造成壓力。如果想帶給敵人沉重壓力，必須前往距離更近的位置才行。」

「原來如此，意思是認為我可能會使出物理攻擊的想法，能夠讓對手的閃避行動稍微頓一下吧？」

這次又多學會一件事。

這個叫作胡利庫特的人，在這班級裡面是最年長的成員。我記得他應該是四十六歲，雖說學科只是中下，不過模擬戰成績卻是頂尖水準。

他的裝備是利用鋼鐵補強的長柄魔杖，在模擬戰中會一邊詠唱一邊不斷前進，偶爾還會停止詠唱，利用魔杖毆打或是舉腳踢向對手。

明明是魔術訓練卻連拳腳都用上的戰法讓其他學生都給予負評，有很多人不願意和他進行模擬戰。

但是，我覺得很好。

因為他是最針對「實戰」來作考量的人。

術科實習的模擬戰是在一個雖然算大，但空間仍舊受限的魔法陣中舉行。

既然身處這種並非有無限退路的狀況，那麼不要停下腳步和對手以魔術互擊，而是積極向前也利用拳腳攻擊是很合理的做法。

回想起來，魯迪也是假設出實戰狀況並進行各式各樣的訓練。

我當時覺得看起來很奇妙，原來那是有意義的行動。

實際上，想法和魯迪類似的人通常都很強，證明這種做法果然沒有錯。

自己也想效法他們。

所以，我積極地找胡利庫特先生對戰。

順便說一下，胡利庫特先生似乎想成為魔法大學的教師。

果然像這種有目標的人，思考方式和生存方式都很棒。

★　★　★

授課結束後，也是要服侍「公主大人」。

「公主大人」他們每一天都在為了達成野心而忙東忙西。

雖然我也會幫忙，不過並沒有掌握事態的全貌，反而有一大堆不懂的事情。

我想開口提問應該可以獲得答案，不過他們大概是認為沒有必要把所有細節都一一告訴我吧。

「今天要去購物。」

「是，明白了。」

今天似乎沒有要特別執行什麼奸計的預定計畫。

大家協議的結果，有時候也會像這樣安排歇口氣的日子。

這種日子很稀有，真的都是「公主大人」看心情突然決定。

不過雖說是看心情，其實當然，是根據我們所有人的精神狀態來決定要做什麼。

由於離鄉背井來到遙遠異國，「公主大人」他們多了各種勞心費神的事情。「公主的隨從」陷入類似精神官能症的狀態，有時會在半夜哭泣。

我得知雙親死訊的時候也感到非常傷心。

所以要做一些轉換心情的事情，避免大家陷入悲傷情緒過深而派不上用場。

「服裝維持現狀就可以了嗎？」

「因為既然要去買衣服，沒有必要穿得花枝招展。」

「公主大人」和「隨從」從平常就很著重打扮，不知道為什麼只有去買衣服時卻不怎麼講究。

像我光是進入「公主大人」特別偏愛的服飾店，就會因為太在意周圍的的眼光而覺得坐立不安。

「好啦，請大家加快動作。」

不管怎麼樣，我們決定幾個人一起前往服飾店。

一行人離開學校，走在大馬路上。

「公主大人」帶著「騎士」及「隨從」現身時，會吸引眾人的目光。

畢竟「公主大人」很漂亮，「騎士」很帥氣，連「隨從」都很顯眼。

我只是跟在後面，不過從後方觀察，可以看出大家的視線都集中在「公主大人」身上。

「公主大人」在這個城鎮已經逐漸打響名聲，一如她的預定計畫。

想到自己也有擔負起一部分任務，就覺得有一點點開心。

「啊，對了。」

這時，我突然想起今天早上慢跑時的發現。

「如果要去服飾店，我找到了一條好用的路，應該可以作為捷徑吧。」

「是那樣嗎？那麼，請帶路。」

「公主大人」露出滿面笑容。

我看著她的笑容，然後領著眾人前往今天早上才發現的那條路。

「哦，原來有這樣的路……這種錯綜複雜的小路雖然並不便利，不過別有一種風情。」

「看附近建築物比較老舊的狀況，這裡應該是城鎮初期建設留下來的痕跡吧。」

「騎士」看著周圍，喃喃這樣說道。

這個魔法都市夏利亞是歷史悠久的城鎮。

雖說現今已經整頓成以魔法大學為中心的格局，商店那些都處於容易找到的位置，不過據說當初剛建設起來時，區域並沒有劃分得像現在這麼明確。

被很久以前的魔術公會作為根據地的這個城鎮以前非常紊亂複雜。

因為這個城鎮位於拉諾亞、巴榭蘭特、涅里斯三國的中心附近——換句話說很靠近國境。

然而，實際位置是在拉諾亞王國國內。

所以在城鎮剛建立的時期還有個背景，就是必須去考量遭受他國侵略的可能性。

為了讓前來侵略的敵國士兵容易迷路，為了讓我方比較容易防守，城鎮被蓋得很複雜。

「哎呀，我還以為路克都沒有認真聽講，沒想到有好好上課呢。」

「不，這是從前陣子約會過的女孩那裡現學現賣的，我認識對這方面很熟悉的女孩。」

「騎士」利用和我不同的方法來收集城鎮的相關情報。

他的方法是搭訕各式各樣的女孩，和她們約會。

老實說，我覺得那不是值得讚許的方法，但是和女孩子約會的行為大概也具備調劑他本人精神的作用吧。

「記得不要玩到太過火，結果被人從後面捅了一刀。」

「我也是諾托斯家的人，和那種麻煩的女孩有保持距離。」

諾托斯家的人嗎……

話說起來，我記得魯迪也擁有諾托斯的血統。

他果然也很喜歡女孩子吧。回想起來，他一發現我是女孩子，態度就立刻變了。

魯迪就算跟哪個人結了婚，大概還是會對其他女孩子出手。

肯定會，畢竟魯迪他爸爸就是那樣。

保羅先生雖然只有兩個對象，不過那是因為他太太塞妮絲夫人是米里斯教徒。在米里斯教的教義中，有規定夫婦是一夫一妻。

如果塞妮絲夫人不是米里斯教徒，保羅先生會娶幾個妻子呢？

三人……不，可能會是五個人吧……

同樣是諾托斯家成員的「騎士」似乎也討厭受到束縛，諾托斯一族大概都是這種類型。

魯迪結婚之後，肯定也會帶別的女孩子回家。

我不是米里斯教的信徒，不過我還是希望結婚之後老公可以只專注在自己一個人身上。

可是，我想魯迪一定不喜歡那樣的女孩。

所以在結婚之後，對於魯迪帶其他女孩回來的行為，我必須擺出寬容的態度。

畢竟我不願意被魯迪當成麻煩的女人，而且雖然我認為他不會做那種事，但是也有可能是自己反而會被拋棄。

所以身為妻子，我該做的行為一定是在魯迪帶其他女孩回家時，要承認對方並好好相處。

如果人數到了三人以上，我要協調各妻子之間的感情避免發生衝突……

……不不，什麼妻子，為什麼我在想這些前提是自己會跟魯迪結婚的事情。

「希露菲，妳怎麼了？」

「不，沒事。啊，請走這邊。」

「公主大人」的提問讓我得以脫離妄想。

居然去妄想那種不可能的未來，實在很蠢……我好想嘆氣。

「啊，原來是通到這裡。這樣的話的確很近。」

走出小巷後，「隨從」發出似乎很驚訝的感想。

我們眼前已經出現目的地的服飾店。

「是啊。希露菲，妳立下了一個功勞。」

「嘿嘿嘿。」

聽到「公主大人」的讚許，我搔著臉頰和大家一起進入服飾店。

★★★

吃完晚餐後，我回到自己的房間。

來到忙完其他接下來要睡覺的階段後，我待在床上看著某個物體。

是貼身衣物。

而且上下成套。

「……嗯～」

後來，進入服飾店的「公主大人」直接前往內衣販賣區。

而且和「隨從」一起這個不對那個也不對地商議了老半天，最後買了我的貼身衣物。

對，「我的」貼身衣物。

「希露菲需要更有女孩子味的內衣褲。這樣，妳在決勝時刻到來時，才能帶著自信積極行動。」

他們用這樣的論調把這套衣服硬塞給我。

說不定我今天早上的喃喃自語有被其他人聽到。

可是，決勝時刻是指什麼啊……

雖然有這種想法，我還是回憶起在服飾店被迫試穿的情況。

自己稱讚自己好像有點厚臉皮，可是這套裝飾著蕾絲的淺綠色內衣褲看起來真的滿適合我。

只是基本上我的身材扁平到甚至會被當成男生，所以還算不上煽情……

不過要是魯迪看到了，會不會至少覺得很可愛呢？

「……魯迪嗎……」

這時，我突然想到白天上課時考慮過的問題。

自己想做的事……嗎？

說不定，我想和魯迪建立起親密的關係。

多虧魯迪，才有現在的我。

我想和魯迪建立良好交情並報恩……不，不對。

不是報恩。

我想，這種心情不是來自那種目的。

自己大概……

果然是……

「……」

得出某個結論後，我感到自己的臉頰發燙。

我鑽進被窩裡像是想拋開什麼，然後伸手抱住被子。

抑制住很想滾來滾去的衝動，整個人縮成一團。

我剛剛明白自己想做什麼。

不由自主地想通了。

不過，這時候我突然注意到某件事。

察覺到那件事後，我狠狠咬牙。

「……怎麼辦？」

喃喃這樣說完，我閉上眼睛。

這一天，自己遲遲無法成眠。

第四話「學園生活開始」

入學之後過了大約一個月。

學校生活很單調。

首先，早上起床後，我會開始作為日課的訓練。

根據生前看過的漫畫，據說有個男子以伏地挺身、仰臥起坐、深蹲運動各一百次，再加上十公里長跑以及自己的頭髮作為代價，獲得了世界最強的力量。（註：指漫畫《一拳超人》的主角「埼玉」）

因為我不想失去頭髮，所以要更努力一點。

具體來說，就是再加上使用木刀的揮劍練習以及其他。

這種事情要每天持續下去才有意義。

這間學校裡好像有其他熱心從事這類訓練的人，今天早上也看到一個在慢跑的傢伙。因為對方把帽子壓得很低所以沒看到臉，不過身體平衡看起來相當不錯。雖然身材比較瘦，但是應該有在好好鍛鍊吧。

至於我自己，在訓練完回到房間後，會練習一下魔術。

我最近再度開始久違的人偶製作。因為札諾巴一直吵著叫我教他，所以這也兼具找回手感的功能，不過這方面沒什進展。

一小段時間後，札諾巴會來叫我，然後去吃早餐。聽說宿舍的餐廳有按照學年和身分來分別排出吃飯的順序，不過時段沒抓得那麼精準似乎也不要緊，畢竟早上很忙嘛。

吃完飯以後，我會和札諾巴分開，自行前往圖書館。對於調查轉移這件事，最近開始覺得有趣起來。

之後到了正午鐘聲響起時，就去和札諾巴碰頭，然後一起吃午餐。他會趁這段時間詢問我在上課中沒聽懂的部分，基本上如果是在自己所知範圍內的問題，我就會回答他。札諾巴似乎只有選修土魔法的課程，不過看樣子他有基於自身想法好好努力。

我們會在戶外吃午餐。

有時候會遭到把我們當怪人的視線看待，但是大致上沒有問題。艾莉娜麗潔偶爾會來露個臉，只是札諾巴看在她眼裡似乎不算好男人，總是很快消失。她好像遊走於餐廳的一樓和二樓之間。因為不能把男性帶進女生宿舍，我有問過她在那方面是怎麼解決，結果據說是晚上前往街上找人纏綿。

白天和晚上都在活動，這傢伙體力真好。

順便講一下，這間餐廳有很多相當合我口味的食物。例如那個模仿日式炸肉的七星燒，還有很像咖哩但其實是別種東西的科里濃湯等等。雖然距離我喜歡的食物還差一步，不過可以吃到類似的東西，我個人已經滿足。我想，這裡一定是準備了讓不同種族都能夠吃到適當食物的菜色吧。

下午，我會前往主校舍的教室。

我試著選修了傳授治癒魔術、神擊魔術，以及結界魔術基礎的課程。所謂的神擊魔術，是指對鬼魂類（Ghost）以及沒有實體的氣體型魔物特別有效的魔術。

以理論來說，是不是類似亂魔（Disturb Magic）呢？

感覺像是直接拿魔力去砸在敵人身上。不過呢，直接拿魔力攻擊並無法造成任何傷害，因此其中有什麼特殊作用，只是我沒弄懂這部分。

如果我生前是個驅魔人，或許能夠理解個中道理。

目前只能學習理論，然後把咒語一個個背起來而已。

據說必須根據敵人來改變使用魔術的種類。如果想成為優秀的神擊魔術師，看透敵人底細的能力似乎也很重要，不過這種條件並非僅限於神擊魔術師吧。

順道一提，一流的劍士似乎連幽靈也可以照砍不誤，根本連看透都省了。

我以冒險者身分行動的期間，曾經看過好幾次幽靈類的魔物，不過並沒有碰到連幽靈都可以用劍解決的劍士。

至於所謂的結界魔術就如同字面，是製作結界的魔術。

基本上會使用魔法陣，不過如果是初級，也可以用詠唱發動。

在初級的課程中，會學習如何在自己身前立起一道針對魔術方面的屏障，也就是「魔力障壁（Magic Shield）」。

「魔力障壁」具備能隔絕、減輕火焰和寒氣的效能。抗魔磚以及宿舍暖氣的原理大概都是這魔術的進化型吧。

不過既然有針對魔力的屏障，感覺也會有能抵抗物理攻擊的屏障。

這樣想的我找教師詢問，才知道不管是神擊魔術還是結界魔術，相關權利都掌握在米里斯教團手中，因此魔法大學的課程似乎只到初級。「物理障壁（Physical Shield）」屬於中級，被告知在此無法學到。

老師本身會用，要教人也沒有問題，但是那樣做好像是違規行為。要是犯下違規行為而且消息曝光，就會遭到米里斯教團追捕，甚至有可能必須接受異端審問。

順便說一下，據說以前這兩種魔術連初級都被禁止傳授，是學校在大約兩年前吞下了某個條件後才總算獲得許可。

由於有這樣的背景，在授課時好像反而會把焦點放在如何破除結界這部分上。結界分為對物理型與對魔法型，到了聖級以上，聽說就能夠設置同時兼具雙方特性的結界。

此外，結界的用途也是各式各樣，例如有用來保護自身的結界，也有用來關住某個對象的結界。

洛琪希以前有針對結界教導過我一些知識，但是當時我只聽到結界兩個字就以為自己已經懂了，多少有點把她的話當耳邊風。

因此，現在從頭聽講也順便當作是複習，果然還是能學到東西。

課堂結束後，我會回到圖書館繼續調查轉移的相關情報，直到天黑。

雖說我姑且有在到處翻找文獻，然而或許是因為轉移魔術本身被指定為禁術，書上並沒有詳細的記載。說不定菲茲學長告訴我的《轉移迷宮探索記》反而是最詳盡的一本書。

然後，等回到宿舍吃過晚餐，我會製作一下人偶才睡覺。

雖說建立起生活規律，日子也開始過得比較從容，然而晚上的暴坊將軍依舊只是在城鎮消防隊滅火組裡吃白飯的食客。當然，治癒魔術的課程中不會提到這方面的問題，圖書館裡也找不到任何一本談論相關疾病治療方法的書籍。

完全沒有好轉的跡象。

★ ★ ★

某一天傍晚。

我正在圖書館裡調查轉移，菲茲學長出現。

白髮搭配墨鏡，身穿學校指定的制服搭配頗有時尚感的披風，還有似乎很耐用的靴子以及剛好合手的白手套。我見過菲茲學長好幾次，感覺他總是這副打扮。

「魯迪烏斯同學，我可以坐在你旁邊嗎？」

「說什麼旁邊實在太見外了。來吧來吧，我已經把這位子坐熱了，請在還沒涼掉前坐下吧。」

「啊哈哈，真不好意思。」

我說著這種話並讓出位置後，菲茲學長有點靦腆地坐下。

看起來這個人相當配合這類胡鬧行為。

我移動到旁邊繼續調查，這時他探頭看向我手邊。

「調查有進展嗎？」

上次之後過了一星期，我每天都在查閱轉移相關文獻。

「我查到過去似乎發生過好幾次和菲托亞領地類似的事件。」

我把查到的線索告訴菲茲學長。

畢竟自己是從他那邊獲得頭緒，所以該說這是回報還是一種懂得分寸的行為呢……總之，我判斷把自己在做什麼先告訴對方會比較好，反正也不是什麼祕密。

「雖然規模沒有菲托亞領地那麼大，不過似乎發生過有人突然消失又突然回來的事件。」

也就是所謂的「神隱現象」。

一個人突然消失，後來出現在其他地方，或是又在原來地方再度出現。

雖然算不上是頻繁……但是這世界好像偶爾會發生這種事。

「那和菲托亞領地轉移事件是相同的狀況嗎？」

「這個嘛……嗯？」

這時我不經意地看向菲茲學長的手，卻發現他手上也拿著和轉移有關的書籍。

「難道學長是要幫忙我嗎？」

聽到我的提問，菲茲學長搖了搖頭。

「不是，我自己也有在調查那個轉移事件。」

「是那樣嗎？為什麼學長要特地調查這個？是愛麗兒公主的命令嗎？」

「不……」

菲茲學長把手放到下巴上像是略為思考了一會，而後稍微歪著嘴角笑了。

那是一種帶著自嘲的笑容。

「其實啊，我認識的人也在那次轉移事件中下落不明。」

「啊……我該說什麼才好……」

我回想起在難民營看到的死者名單，上面列著數量非常龐大的死者……

事件之後過了五年，失蹤者已經被視為絕無希望存活，我想菲茲學長要找的人肯定也是一樣。自己的家人能夠全都活著，我真的運氣很好。

「不，我最近才得知對方還活著。」

「咦？噢，是那樣啊。」

「嗯。不過在得知消息之前，我是認為只要調查轉移……例如要是可以釐清被轉移後的落點有什麼傾向，應該會更容易找到人，所以我才會進行調查。」

被轉移後的落點有什麼傾向嗎？

原來如此，我沒有從這角度去推想過。

「不愧是學長，慧眼獨具。」

「不，沒那回事……而且，到頭來我還是沒能去找對方。」

菲茲學長講到這裡，微微低下頭。根據聽來的傳聞，第二公主是在轉移事件約一年後垮台。當然在那之前就會出現沒落的徵兆，身為護衛的菲茲學長想必非常忙碌。

「那也是沒辦法的事情吧。」

畢竟人都有所謂的立場，他又不能拋開一切跑去參加搜索。

反而利用護衛這立場，在這間學校的圖書館裡從其他角度去調查事件。

既然他知道已經找到對方，就代表至少有在收集情報。菲茲學長也有自己的生活和工作要顧，在這種狀況下，他已經做了能做的事。就算只有這樣，也可以說是十分足夠。

「比起已經過去的事情，還是來考慮將來吧。那麼首先，可以把學長你調查到的情報告訴我嗎？」

「嗯，可以啊，我明天就把統整好的資料帶來……不過，我希望你不要過於期待。因為我不是很擅長調查東西，所以沒辦法像魯迪烏斯同學你這樣立刻找到什麼線索。」

菲茲學長似乎沒什麼自信。

我記得他說過自己是四年級吧？除了上課和護衛，根據之前聽到的情報，菲茲學長好像連愛麗兒公主的雜事也要處理。對了，記得他還是學生會成員。

他是在這種狀況下，一點點進行調查，並沒有把忙碌當成藉口而逃避。

實在了不起。

「我只是時間比學長多而已。」

畢竟我可以把一整個上午都用來調查。

而且我有實際看過轉移事件的現場，再加上靠著生前的知識，多少有一些能預測的事情。

「呃……那個，魯迪烏斯同學，我想和你商量一件事。」

菲茲學長突然搔著耳朵後方，略低著頭喃喃這樣說道。

我歪著腦袋反問。

「什麼事情呢？」

我還沒報答他之前幫自己解圍的恩情，真想請他隨便什麼事情都盡量開口。

「我希望你可以讓我幫忙調查轉移事件。」

聽到這句話，我感到很惶恐。

「不，反而該說是我幫忙學長吧？因為我這邊才剛開始調查，查到的情報也很少。」

「可是，我沒辦法撥出太多時間。我想以後調查時，應該大部分都只有魯迪烏斯同學你一個人……如果有人只能偶爾出現卻還要插嘴，是不是會讓你覺得很反感？」

基本上是獨自進行調查，卻會有個偶爾才出現的傢伙挑三揀四——這樣聽起來或許真的是很討厭的狀況，然而我並不覺得菲茲學長是那種只會批評不願出力的類型。

況且比起我一個人埋頭調查，能有其他人從不同觀點審視應該比較好吧。

畢竟我的腦袋不太靈光，如果是被稱為天才的菲茲學長，說不定可以從我調查到的資料裡找出什麼重要情報。

「我不會覺得反感，還請學長多多幫忙。」

「嗯，我才要請你多指教。」

我這樣說完並和他握了手，於是菲茲學長靦腆地笑了。

這表情和又小又軟的手掌，讓我心跳加速。

自己居然對男人……不，怎麼可能。

只是一時昏了頭吧。

之後，我決定把今天調查的部分整理起來，然後打道回府。

走出圖書館後，才發現周圍已經變暗。

我和菲茲學長邊隨便閒聊邊踏上歸途。

他似乎每天都忙於護衛公主和處理雜務，不過每十天就會像這樣在傍晚有一段空閒時間。

「是說，魯迪烏斯同學。我中午有看到喔……你真厲害。」

這句話讓我不解地歪歪頭。

中午？我做了什麼嗎？

「看到那個札諾巴．西隆像小狗一樣和你那麼要好，讓我嚇了一跳。」

「……噢。」

既然他說是中午，應該是指我們當著眾人眼光，坐在即興咖啡座上吃飯的事情吧。

「或許你沒聽說，不過他是從剛入學就到處引發衝突的暴力問題學生。」

聽到札諾巴是整天打架的問題學生，我露出苦笑。

不知道該說是果然還是該怎麼說，看樣子札諾巴並不是被霸凌的對象。

也對，可以空手把人頭拔下來的傢伙怎麼可能那麼簡單就遭人欺負呢？

「結果，他被莉妮亞和普露塞娜這兩個……類似不良學生首領的人給打敗後，札諾巴就安分下來了。」

還有，莉妮亞和普露塞娜似乎是不良學生的老大。

聽說她們向四處鬧事的新生札諾巴下戰帖，而且很輕鬆地解決了他。

靠著二打一，可別說這樣很卑鄙喔。（註：出自漫畫《刃牙》）

之後，札諾巴好像被她們當成跟班小弟。不過我倒是很少看到那樣的場面。

「說不定莉妮亞和普露塞娜會來找你的麻煩，要小心一點。」

「我想這方面應該沒問題……」

我自認已經對她們表示恭順之意，目前也不會在哪個地方跟兩人碰面。

雖然不清楚不良學生會聚集在校內的哪個地方，但是在餐廳裡也很少看到。

「呃……那個，我猜……你和我碰面的行為會讓她們看不順眼。」

「這又是為什麼？」

「因為……我們一年級的時候，兩人主動對愛麗兒大人找碴，那時是我在決鬥中打倒了她們。」

「一打二？」

「嗯。所以啊……你有可能會被遷怒……」

原來如此。不過根據這段話，可以看出菲茲學長實力相當強大。

因為菲茲學長打倒了輕鬆擊敗（雖然是二打一）札諾巴的莉妮亞和普露塞娜。

嗯？如果照這樣推算，打贏菲茲學長的我就是最強？

怎麼可能。

這種事也會受到個人特性的影響吧。因為我能夠使用「亂魔(Disturb Magic)」，所以對付使用無詠唱魔術的對手會特別有利，畢竟那是破壞對手特技的奇襲攻擊。如果在對方明知我會使用亂魔的情況下交手，自己不見得可以取勝。

「不過我想魯迪烏斯同學不會有問題。」

「這嘛，實際上如何呢？」

「在這間學校裡，沒有人能在一對一的情況下打敗我。就算我看起來是這副樣子，至今也從來沒有輸過。」

菲茲學長雖然講這種話來稱讚我，但是我反而想稱讚他的心態。

至今從未輸過的人第一次吃了敗仗。

明明是這樣，卻沒有懷恨在心。他難道不會感到不甘心嗎？

「那個魔術是叫作亂魔嗎？真厲害，下次也教我吧。」

「好啊，沒問題。」

我爽快答應。要是菲茲學長學會亂魔，說不定我以後就無法打贏他。

儘管有這種想法，我仍舊完全不打算拒絕。

「啊，不過……總之就是因為這樣，你要小心點。而且特別生有很多怪人……像那個叫克里夫的人也很容易和別人起衝突，塞倫特在剛入學的時期似乎也經常引發問題。還有，聽說今年的一年級新生裡有個冒險者出身的奇怪長耳族會襲擊男學生。」

「噢，我認識最後那個人所以不要緊。」

「是這樣嗎？」

雖然我不清楚前面那兩個人是什麼狀況，不過最後那傢伙的「襲擊」想必是不同意思的「襲擊」。

「總之以我來說，只要自己妥善行事，避免和他人發生摩擦就對了。」

聊著聊著，我們到達岔路口。
直直往前走會通往女生宿舍。雖然天色還亮，但我再也不會走上那條路。
「啊，我有事情要去找愛麗兒大人所以要走這邊……」
「好的，辛苦了。下次請再多指教。」
「明天雖然沒有時間待太久，不過我還是會去圖書館看看。」
菲茲學長這樣說完，就走向女生宿舍。
可以自由進出只有女性的花園……不怎麼感到羨慕的原因，大概是因為對之前那位摔跤霸王小姐還記憶猶新吧。（註：大型機台電玩「Muscle Bomber」的名稱）
……但是會不會有這種可能？
說不定透過菲茲學長牽線讓自己侵入女性花園的行為，會成為讓我達成在這學校之最終目標的關鍵？
直到現在，我依舊沒能明白人神那個建議的意圖。

★★★

於是，我開始和菲茲學長合力調查轉移事件。
我想自己跟他的距離已經拉近。

雖然也該歸功於對方友善得超出我的想像，不過總之，我們建立起良好的關係。

不過呢，他身上充滿謎團。

「話說起來，學長你為什麼要戴墨鏡啊？」

「墨鏡……噢，你是指這副眼鏡？」

菲茲學長從來不曾拿下墨鏡。

連一次都不曾拿下過，不管什麼時候都沒有例外。

「嗯～有點理由，但我不能說，抱歉。」

「沒關係。」

我心裡多少有想看看他真面目的想法。

然而對於本人刻意隱藏的東西，自己也不會產生想強行去看的念頭。

「對了，學長你住在宿舍幾樓？我好像沒在吃飯時看過你。」

「呃……基本上……那個，我住在女生宿舍那邊，畢竟我是愛麗兒大人的護衛。」

「這……不會引起問題嗎？」

「不要緊，有獲得許可。而且我也不會做出可能造成愛麗兒大人困擾的行為。」

基本上只要取得許可，可以把奴隸帶進宿舍裡。

就算想帶進宿舍的人員不是奴隸，只要申請者是擁有權勢的王族或貴族，多少有通融的餘地，就像男生宿舍這邊也有貴族帶了女僕。只是萬一那些女僕和僕人引起什麼問題，當然主人必須負起責任。

雖然菲茲學長的身分是學生而非僕人，不過能通融大概是靠著愛麗兒公主的領袖魅力和身為阿斯拉王族的權力，再加上菲茲學長個人也受到信賴吧。

就連那個不知道是叫作辛馨亞蒂還是叫作 Big Van Vader 的女學生，也以「大人」來稱呼菲茲學長和愛麗兒，對他們另眼相待。（註：Big Van Vader 是美國的職業摔角選手 Leon Allen White）

還有，根據艾莉娜麗潔提供的情報，菲茲學長似乎也相當受到女學生歡迎。

據說會為了路克興奮尖叫的是那種剛入門的一日粉絲，但是成為行家之後，反而會被菲茲學長的憂鬱側臉打動內心。雖然實際和菲茲學長說過話後，我發現他本人並不怎麼憂鬱，不過還是可以理解那種看法。

「話說回來，學長跟我講話時都很正常呢。」

「……嗯？什麼意思？」

「我之前有聽說過你非常沉默寡言。」

「那個……因為……我這人比較怕生。」

話是這樣說，但我怎麼記得是他主動找我搭話？

不過據說人與人的往來要看波長合不合，大概就是這麼一回事吧。

總而言之，以這間學校的常識來看，菲茲學長似乎沉默寡言到讓人驚訝的地步。

再加上他是會使用無詠唱的魔術師，因此外號叫作「沉默」的菲茲。

也被稱為「沉默的魔術師」。

「菲茲學長你的姓氏該不會是雷白克吧？」

「咦？雷白克……這好像是北神二世的名字？我怎麼可能叫雷白克，當然不是。而且基本上我根本沒有姓氏，又不是貴族。」

「別謙虛啊，我猜你其實很擅長做菜吧？」

「呃，我是會做菜……不過這些事情到底有什麼關係？」

他聽不懂我的玩笑話。只是不知道菲茲學長覺得哪裡有趣，他還是嘻嘻笑了。（註：「雷白克」「做菜」等都出自於電影「魔鬼戰將」，日本上映時的片名叫作「沈黙の戦艦」。劇中主角叫作凱西·雷白克，是軍艦上的大廚）

一個充滿謎團的男人——菲茲學長。

他願意協助我的原因也是個謎。

但是，我並不會特別想去揭發謎底。

看樣子他本人是刻意隱瞞，既然出自刻意，就表示其中有某些內情。

他是對我伸出援手的人，去強行揭破這種對象的祕密根本是一種忘恩負義的行徑，我沒有打算那樣做。

當然，要聲稱自己並不介意是在說謊。不過，畢竟這是人神的建議。

我按照人神的建議行動後，認識了菲茲學長。

根據至今的經驗，不管我做了什麼，人神的建議在一定程度都會導向同一個結論。
也就是說只要和菲茲往來，我總有一天會得到與治療疾病有關的某種線索。
沒有必要焦急。

第五話「力有未逮 前篇」

札諾巴．西隆。
他是西隆王國的第三王子，也是天生擁有怪力的神子。
而且是個變態，不折不扣的變態。
或許也可以說是走火入魔的人偶宅吧？當我注意到時，他總是每天都在看著人偶；只要興致一起，就會用溫柔的動作撫摸人偶。
明明他興奮時會無法控制怪力，卻絕對不會粗暴對待人偶，也絕對不會在接觸人偶時沒有拿捏好力道。
或許是對人偶的愛讓他可以辦到這種事。
愛情。
沒錯，這個人深愛人偶，甚至是偏愛人偶。

舉個例子來說，他房裡放著一個銅製的裸體雕像。據說那是他以前在市場看到後就衝動買下的東西，雕塑著一個體型纖細卻給人豔麗印象的少女。

我第一次拜訪札諾巴的房間時，他正全身光溜溜地抱住那尊雕像。

當然這是想嚇嚇他所以沒敲門就闖入的我有錯，毫無爭議。

不過札諾巴一看到我立刻慌忙穿上衣服，低頭道歉說讓我看到了不堪入目的光景。

我想不必特地說明他脫光衣服抱著裸體雕像是在做什麼。

總之他的愛情很異常。當時北方大地偶爾還會下雪，戶外很冷，不用想也知道金屬製的雕像會有多冰冷。在這種狀況下，札諾巴即使差點凍傷，也把自身欲望視為最優先。

實在太高等了，我無法模仿。

然而，並沒有到達無法理解的程度。因為我自己在生前也曾經「使用」過人物模型。不過呢，要是札諾巴敢對聖像（洛琪希人偶）做那種事，我可絕對不會放過他。

……話說起來，我在札諾巴的房間裡沒看到洛琪希人偶。

是放在西隆了嗎？

做出這種結論之後，某一天。

札諾巴突然下跪向我磕頭。

「師傅！請您教導我製作人偶的方法！」

那是晚上，我手邊有一個剛動工的人物模型。
這一個月以來，我一直要札諾巴再多等等。
他原本如同馴服家犬那般持續「等待」，看來終於到達忍耐的極限。
「我們不是講好了嗎！您為什麼還不肯開始傳授呢！」
札諾巴有點氣憤。
當然，我也沒有理由拒絕。
畢竟打從一開始就是這樣的承諾，而且為了教導他，我自身也進行複習順便找回手感。之所以遲遲沒有開始教學，一方面是因為我的生活還沒穩定下來，也因為這件事和我原本的目的實在沒有關係，還因為沒能掌握到開始的契機。
「……札諾巴，你要知道我的修行非常嚴格。」
我故意以裝模作樣的聲調這樣一說，札諾巴猛然一驚，隨即用力點頭。
「這是當然，師傅。請您不要太小看本王子。即使必須嘔心瀝血，本王子也一定會學到師傅製作人偶的技術精髓。」
「嗯，就是要有這份幹勁。」
如此這般，我開始教導札諾巴製作人偶。
利用就寢前的時間，一天約一到兩個小時。
當然我也別有居心。札諾巴對人偶的愛情真實不虛，而且因為是王族所以手頭有錢。

說不定連自己原本已經放棄的人偶著色與量產等事業，他都有能力去付諸實行。
如果我可以獲得他的協助，對了……首先要量產洛琪希人偶。
之前製作的是獨一無二的作品，但是這世界有製作銅像的技術，也有製作西洋風格人偶的技術。只要挪用那些技術，雖然品質會降低，但應該能夠量產。
再來要量產瑞傑路德的人偶。
然後根據史實，寫出一本徹底美化斯佩路德族的書。為了讓這個世界的讀者容易接受，首先要多放一點描寫戰鬥的篇幅；主要內容則是拿一個不受到人們認同的男子和獲得這世界認同的英雄作對比，描寫這個即使不受認同仍舊繼續奮鬥的男子心中有何種苦惱與掙扎。至於人偶，要作為書籍的附贈品。
和書籍成套，把人偶贈送給讀者。
因為主角是否有具體形象將會造成巨大差異。如果這企畫成功了，接下來出版讚頌洛琪希偉業的書籍或許也不錯。
好，行得通。
只有我一個人或許無法辦到，但是札諾巴再怎麼說也是王族。他有錢，也有熱情。要作為工作伙伴必定是最適合的人選。
俗話說如意算盤打得太響，這時候的我完全是這種感覺。
「那麼，就把奧義傳授給你吧！」

「是！師傅！」

我們的人偶製作之路才正要開始。

★ ★ ★

直接說結論。

辦不到。

札諾巴沒辦法使用無詠唱的土魔術來製作人偶。

理由有二。

一是他沒辦法以無詠唱方式來控制魔術，二是他的魔力總量根本不夠。

仔細想想，在這個世界裡，能夠使用無詠唱魔術的人其實寥寥無幾。以自己見過的人來說，只有奧爾斯帝德、菲茲，和希露菲而已。聽說以前學校裡還有一個能操控無詠唱風魔術的教師，不過已經在去年過世。

從小就懂得無詠唱的我沒什麼實感，不過無詠唱是一種高等技術。回想起來，艾莉絲和基列奴也沒能學會無詠唱魔術。

既然如此，才剛開始學習魔術的札諾巴不可能辦得到。

此外，魔力總量的問題也很嚴重。

我自己也是為了有效耗盡無止境持續增加的魔力，才會著手人偶製作。簡而言之，製作人偶需要耗費相當大量的魔力。

直到現在，我才第一次理解到。

看樣子自己的魔力總量似乎比其他人高上許多。

不，其實以前就有隱約察覺。不過我雖然認為自己的魔力算是多了點，卻沒想過有那麼大的差距。即使在冒險者時期看到其他魔術師很快就耗盡魔力，頂多也只會認為那是因為對方在沒必要的地方浪費了太多魔力。

如果以數值來表示，然後把一般魔術師的魔力總量設定為一百，我還以為自己充其量是五百這種程度。然而實際上，我的魔力總量似乎還多很多。

算了，先把我的事情放一邊去。

我根本沒預料到札諾巴連一個零件都沒辦法做出來。

他真的很努力。早上起來就使用魔力直到昏倒，等清醒過來就會再使用魔力然後又失去意識，一整天都在重複這樣的行為。

或許是因為持續將魔力耗盡到極限，他的臉頰消瘦凹陷，跟骸骨沒兩樣的臉上還沾滿了淚水和鼻涕。可以清清楚楚看出他對於自己最想做的事情，其實並不具備才能的現實。

自己到底對他做了多過分的行為？

我深刻反省自己，然後向他道歉。

「抱歉。」

札諾巴搖了搖頭，無力地回答。

「不，要是本王子能更優秀……」

已經被徹底打垮的背影，散發出哀愁的敗犬背影。不，不能就此放棄。

我動腦思考。要是札諾巴連製作人偶的第一步都踏不出去，實在太可憐了。

話雖這麼說，無詠唱方式依舊不可能辦到。既然還加上連魔力總量也不夠，就代表札諾巴恐怕沒辦法使用和我相同的方式來製作人偶。

「好，我們換個方法吧。」

我自然而然地得出這種結論。

「還有別的方法嗎！」

被打垮的札諾巴立即重振精神，把身子往前探。

「嗯，往盡量不要使用到魔力的方向來進行吧。」

語畢，我製造出一個土塊，這是黏土。

「剛剛使用了魔術，不過自然界裡應該能找到一樣的東西。」

黏土這種東西可以在哪裡取得啊？生前曾經聽說過有名陶藝家窩在山裡面的故事，不過這世界的山地和森林都充滿危險。話雖如此，魔物裡大概有材質類似黏土的傢伙，就算沒有特別去挖地取土，想來也有很多代替品可以挪用。

「要怎麼處理這東西？」

「慢慢切割挖削。」

切割挖削，這是最原始、最確實，但是也很困難的方法。

把黏土挖削成一個個零件。如果是這樣，沒有魔力的人應該也可以辦到。

問題是沒有用來加工的道具，不過這點只要再去市場尋找魔力附加品應該就可以解決。我記得以前在哪裡看過切岩石就像是在切奶油的小刀。

「原來如此，師傅，感覺本王子也能做到！」

札諾巴開朗地說道，他的表情充滿希望。

然而一個小時後，希望已經輕易遭到粉碎。

因為札諾巴的雙手並不靈巧。

這是受到天生的能力拖累。

天生怪力。沒錯，他的怪力成了阻礙。雖然札諾巴能控制怪力讓自己不要破壞物品，但是最多也只能做到這樣。像是削出精細零件這樣的纖細動作，他實在很難辦到。

札諾巴每天都紅著眼努力。

他的熱情真實不假。每天不眠不休，埋頭製作人偶到了快要過勞死的地步。然而成品不如預期，他曾經多次重新製作。每次重來，札諾巴都會痛哭，怒號，發出怪異的吼聲。

最後，他終於完成。

完成一個從零開始製作出的人偶。

那人偶的外型絕對算不上好看，而且雕工很差。如果在前世，不是會被人嘲笑，就是會被當成搞笑圖片或合成素材，在網路上大量流傳。

然而我很清楚這就是札諾巴的熱情，所以自己絕對不會嘲笑他。

只是就算我沒有嘲笑，札諾巴本身也很清楚這東西的水準很低。

「師傅，本王子辦不到……本王子……無法做到像師傅那樣！」

札諾巴流下淚水。

因為無法按照自身想法來做出作品，讓他痛哭失聲。札諾巴徹底遭到擊垮，就像是連站起來的力氣都已經耗盡。

從我開始教導他製作人偶到終於完成的這兩個月，札諾巴雙頰消瘦，滿臉憔悴。

即使看到他這副樣子，我也完全無計可施。

★★★

「就是這種情況。」

我決定試著找菲茲學長商量。身為師傅，因為徒弟不成材而和他人商量是非常丟臉的事情，但是我很想借助他人的智慧。

畢竟札諾巴實在太可憐了。

「咦？用魔術……製作人偶？」

菲茲學長一副無法理解的模樣。

他和我並肩坐在圖書館的椅子上，歪著頭對我的發言表示困惑。

「是的，就是這種感覺。」

我使出土魔術，迅速做出一個外型簡單的人偶。因為圖書館裡禁止使用魔術，所以是偷偷動手。

一隻類似猿〇寶只是沒穿衣服的人偶瞬間成型。（註：猿寶寶（Sarubobo）是日本飛驒地區常見的吉祥物）

「咦？這是什麼……好厲害……」

菲茲學長目不轉睛地看著我的手，還非常仔細地端詳我製作出的人偶。

然後，他把魔力集中於指尖像是想測試自己是否也能做到，並且製造出一個歪七扭八宛如變形史萊姆的土塊。居然可以立刻模仿我，這個人實在也相當厲害。

不過，看樣子沒能變成他想要的形狀。

最後，菲茲學長「呼」一地嘆了口氣並且放棄。

「我辦不到。」

嗯，製作人偶這件事是我從以前就腳踏實地持續鑽研至今的技術。

要是被人看幾眼就隨便學走，我可要哭了。話雖如此，我總覺得菲茲學長只要練習也能成功，畢竟他原本就是會使用無詠唱魔術的人。

「一般人不可能模仿這種做法。」

「嗯，所以我認為採用手動加工土塊的方式來作為替代案也是一種辦法，不過……」

「因為他雙手不夠靈活所以也無法成功嗎……」

菲茲學長沉吟了一會，把手搭在下巴上開始思考。

思考時會把手靠在下巴上似乎是他的習慣。或許是墨鏡的影響吧，總覺得他這個姿勢看起來特別帥氣。順便說一下，菲茲學長在害羞或困惑時會用手搔搔臉頰或耳後。

那種動作感覺很符合他的年齡，讓人產生一種親近感。

不過據說長耳族比較長壽，他的實際年齡不見得和外表一致。

「嗯～對了，雖然我不確定能不能作為參考，不過在阿斯拉的王都也有狀況類似的人。」

「狀況類似的人？」

「嗯，就是那種很想自己親自動手，但是卻欠缺能力和技術的人。」

「那個人是怎麼解決的呢？」

我提問之後，菲茲學長就搔了搔耳朵後方，似乎很難啟口。

「呃……就是……讓奴隸來做。」

「哦？」

根據菲茲學長的敘述，據說在阿斯拉王都的那個人物擁有知識但是缺乏技術，所以去購買奴隸，教導訓練後讓奴隸代為製作出自己想要的東西。

「按照魯迪烏斯同學所說的情況，那個……札諾巴同學是因為喜歡你製作的人偶，而且想要更多，才會表示自己也要動手製作吧？」

「……咦？是那麼一回事嗎？」

「呃，我聽起來覺得是那樣耶。」

真的嗎？不過也對，喜歡這類人物模型的人就算會自行塗裝或改造，一般也不會產生要自己從頭開始製作的念頭。

就連我自己也是，頂多只到享受魔改造樂趣的程度。（註：魔改造一般是指把人物模型改造成情色狀態的行為）

「我想札諾巴同學他一定是希望魯迪烏斯同學你可以成為他的專屬人偶師，不過又很清楚那不可能達成，所以才會換了一種講法吧？」

「我倒覺得那並不是不可能達成的事情。」

被札諾巴僱用，待在西隆王宮過著每天製作人偶的生活。

我想若以結果來說，那種生活應該也不壞吧。況且既然是在王宮工作，薪水想來也很穩定。

話說回來，菲茲學長每個月不知道從愛麗兒公主那裡領到多少……總覺得提這種問題很沒禮貌。

「總之，我會試著找札諾巴談一次這樣的提案。謝謝你，學長。」

「嗯，不客氣。」

我低頭致謝後，菲茲學長靦腆地笑了。

……為什麼一看到這個笑容，自己就會心跳加速呢？

真是神祕。充滿謎團的男人菲茲，實在不可思議。

★★★

購買奴隸，傳授技術後讓奴隸負責製作人偶。

我向札諾巴提出這種建議後，他爽快表示贊同，而且還興高采烈地開始擬定購入奴隸的計畫，像是這樣正合他意。

雖說他好像也想自己動手，不過又覺得既然辦不到，往那種方向修正也是無可奈何的事情。說不定在這個世界裡，菲茲學長提議的「讓奴隸代做」出乎意料地是一種很普遍的方法。

話雖如此，既然彼此有師徒關係，請求師傅教導奴隸而非自己似乎是欠缺禮貌的行為。札諾巴一開始也說過即使嘔心瀝血也要學會。

所以他一直沒辦法開口，直到我如此提案後才總算鬆了一口氣。

「就是因為這樣，我們決定下個月的假日要去奴隸市場。」

我去找菲茲學長正式道謝。

像這種在自己遇到困擾時能給予建議的對象，實在是值得感謝的存在。

「是噢，希望你們能找到不錯的奴隸。」

這個話題就此結束。明明結束了，菲茲學長卻顯得有點坐立不安。

「話說起來，下個月的假日我也有空喔。」

「是那樣嗎？」

「嗯。所以啊，呃……因為沒事可做，我本來想去市內逛逛，不過也沒有什麼特別想去的地方……再加上沒有朋友，只有我自己一個人……」

該怎麼說，總覺得他這番話處處都透露出像是在窺探我意願的感覺。

護衛任務不要緊嗎？沒有萬一發生什麼事時一定要待在公主身邊才行的規定嗎？

……算了，那並不是我該顧慮的問題，我想路克一定會找出辦法解決吧。

「呃……下個月的假日，學長也要一起來嗎？」

「可以嗎？不會打擾到你們吧？」

「嗯，我可以請學長吃飯，作為回報建議的謝禮。」

「是嗎？那我就不客氣了。」

菲茲學長這樣說完，靦腆地笑了。

就這樣，我們決定三個男人一起去奴隸市場。

下一集是：「左擁右抱！和怪力王子與靦腆微笑王子的臉紅心跳購物行！」

……只是開個玩笑而已。

第六話「力有未逮 後篇」

「初次見面……我是菲茲。」

和札諾巴見面時，菲茲學長顯得有點緊張。

我覺得學長大可以更擺出前輩架子並展現威嚴，不過或許他真的會怕生。

札諾巴毫不客氣地往前踏了一步。

「本王子是西隆王國第三王子，札諾巴．西隆……嗚啊！」

看到札諾巴挺著胸膛一副了不起的樣子，我立刻繞到他身後攻擊他膝蓋後方，強制他放低姿勢。儘管我無意針對輩分關係說三道四，但是第一次見到學長，態度恭敬點還是比較好。

「札諾巴，提出這次建議的人正是菲茲學長，你該表現出相稱的敬意。」

聽到我這麼說，札諾巴對菲茲學長彎下腰重新致意。

「我明白了，師傅……初次拜見，在下是西隆王國的第三王子，名為札諾巴．西隆，還請您以後多多關照。」

「啊……不……請別介意。您是王族，請不要這樣……」

菲茲學長慌張地揮動雙手，然後躲到我的背後。

札諾巴看到他這種反應，驚訝得瞪大雙眼。

因為菲茲學長的外表、傳聞以及實際行動發言之間都有很大的落差。

雖然他被稱為沉默的菲茲，還因為是無詠唱魔術師而受到眾人畏懼，再加上戴著墨鏡所以看起來有點嚇人，不過實際交談後，會發現他為人其實很符合年齡，而且是個照顧後輩的好學長。

「那麼，既然大家都認識彼此了，我們出發吧。」

在我的號令下，一行三人開始移動。

奴隸市場位於商業區。

在中央大陸南部和米里斯大陸上，奴隸買賣只能勉強經營，在這個北方大陸卻完全不同。

到了這一帶，奴隸買賣幾乎在所有國家都是完全合法，有些地方還予以獎勵。

因為奴隸事業是中央大陸北部的重要商業行為之一，甚至到了沒有奴隸事業會讓國家無法維持下去的地步。

人會變成奴隸的理由有很多。

例如在戰爭中成了孤兒的人，因為作物歉收負債累累而被父母賣掉的小孩，或是為了拯救家人而賣掉自己的人……

還有謠言說盜賊公會私底下建立了類似奴隸養殖場的地方。

包括拉諾亞王國在內的「魔法三大國」是沒有奴隸也能立足的國家，不過只要再往東方移動，有好幾個會定期把村裡小孩賣給奴隸商人的貧困村莊。

像那樣的奴隸有時候會被北方大地的戰士團、傭兵團甚至國家買下，當成戰爭用的奴隸後用完就丟。

不過呢，奴隸商人中也有些和阿斯拉王國建立起關係。

一部分容貌出眾，或是擁有傑出能力的奴隸可能會被賣到阿斯拉王國。

阿斯拉王國是和貧困無緣的土地，就算在阿斯拉王國裡處於最底層，也不會為飢餓所苦。

能前往阿斯拉王國的奴隸是贏家組，不過我當然還是認為一旦成了奴隸就是人生輸家啦。

此外，由於北方奴隸通常身體健壯又優秀，因此還有特地從其他國家來此購買的人。

不管怎麼樣，既然有人類被當成商品出售，那麼就會有很多買家。

「是這裡嗎？」

其實，我事前有去冒險者公會收集情報。

在大規模的城鎮中會有好幾處奴隸市場，魔法都市裡有五個。

這五個奴隸市場的水準有好有壞，其中有一處被形容成「絕對不要去會比較好」。聽說那裡是可信度較低的奴隸市場，會若無其事地把快要病死的奴隸強制推銷給客人。

雖說那種地方似乎偶爾也能挖到寶，不過就算真有被埋藏的人才，我們這種生手也不可能看得出來吧。

所以我決定前往適合剛入門，而且還針對有錢人服務的奴隸市場。

「嗯，這裡和本王子祖國的情況有很大的差異。」

札諾巴似乎很佩服地點了點頭。

乍看之下，奴隸市場是很普通的建築物。由泥土和石頭組合搭建而成，在這附近可說是相當常見，只是即使按照這世界的建築物基準，這裡的規模也算大。類似的房舍有三棟彼此相連，入口大門上方寫著「瑞姆商會　奴隸販售處」。

另外，入口附近還燃起篝火，旁邊站了一個在防寒衣物上裝備皮革鎧甲的男子。雖然滿臉鬍鬚，不過看起來並非那麼粗野……會有這種感覺，會不會是因為自己當了兩年的冒險者，已經看慣了類似打扮呢？

如果是以前，大概會產生不太一樣的感想吧。

「原來不是在戶外啊……」

菲茲學長以有點意外的語氣開口。

在北方大地，奴隸市場多位於建築物內部。理由很單純。

「我們進去吧。」

一進入室內，身體立刻被一股熱氣包圍。原來是建築物內部到處都有火堆。

然後，大概可以看到八個展示台，上面都排列著沒穿衣服的奴隸。

所以簡而言之，就是因為太冷所以沒有在戶外買賣。奴隸會冷到感冒。

不過呢，那家被警告絕對別去的市場好像還是在戶外交易。

「嗯，有很多賣場呢。師傅，您想怎麼做？」

「我也是第一次購買奴隸，先隨便到處逛逛吧。」

我們隨性走動。

這八處賣場全都屬於瑞姆商會旗下的奴隸商人，上面陳列並販賣著由各地蒐集或買來的奴隸。

我猜只要商品全都賣完，要不就是指定時間過去之後，展示台就會換給其他商人使用。

場面相當熱鬧，每個賣場附近都聚集了一大群人。

服裝形形色色，有打扮跟我一樣呈現冒險者風格的人，也有和札諾巴與菲茲學長一樣像是貴族的人，還可以看到商人、市民、平民，甚至穿著像是學生的人。我想其中也包括想做轉賣生意的商人吧。

也有人帶著剛買下的奴隸，待在距離賣場比較遠的位置和其他買家閒聊談笑。

還有幾個打扮寒酸的傢伙，該不會是扒手之類吧。

不，我不認為那樣的宵小可以闖進有警衛的這個市場。或許那也是奴隸，只是被主人命令來此購買新的奴隸。

我把手伸進長袍裡，用力握緊錢袋的繩子。

這次用來購買奴隸的資金雖然由札諾巴提供，不過錢包放在我身上。

萬一被偷走可不是開玩笑的。

「嗚……嗚哇……嗚哇……奴隸真的都沒穿衣服……」

菲茲學長看向賣場那邊，瞪大雙眼一臉訝異。

只見他面紅耳赤，而且雖然因為被斗篷蓋住而無法確定，不過好像在夾著大腿扭來扭去。

「好……好大啊……原來會是那種樣子……」

我追著他的視線看去，只見有幾個像是戰士的奴隸正被當成攬客用的特價商品介紹給買家。

無論男女，那些奴隸每一個都滿身肌肉。

尤其是正中央的女戰士很棒。

非常有分量。身高體格自不用說，連胸前的雙球也讓人垂涎。

感覺那種巨大物體應該會對戰鬥造成阻礙，不過基列奴讓我明白就算很大似乎還是不成問題。

「學長，你是第一次來奴隸市場嗎？」

「咦？嗯……是啊……」

菲茲學長搔著耳後，似乎很不好意思地用另一隻手把斗篷往中間拉。他大概是在介意自己「那邊」的位置吧。

真是一種很像處男的反應，我也經歷過那樣的時期。

你問現在？現在就是那樣嘛，另有隱情。

「魯……魯迪烏斯同學看起來很習慣呢。」

菲茲學長雖然是學長，不過好像還沒有經驗。

一想到這裡，會讓我有點想耀武揚威，但是自己其實也只有一次經驗。

而且第一次之後被對象拋棄，第二次連實際上陣都辦不到，根本不是能拿來炫耀的內容。

然而不能否認，自己是經歷過那些事之後才能稍微沉穩下來。

問題是現在過度沉穩所以造成困擾啊！

「只要累積經驗，學長多少也會習慣。」

「是……是這樣嗎？是說魯迪烏斯同學，原來你有經驗啊……」

菲茲學長洩氣地把耳朵往下垂。

真年輕，實在太年輕了。

「師傅，戰士對我們並沒有用。我們是要找能使用魔術，而且雙手也很靈巧的種族吧？」

至於札諾巴，他只是抬了抬下巴，像是在表示對那種東西毫無興趣。

這傢伙基本上對女人似乎興趣缺缺。

不過聽說他曾有過一段婚姻，想來也不是完全沒有性慾。

「講到雙手靈巧的種族，果然是礦坑族吧？」

「是啊，能使用土魔術的礦坑族是最好的選擇，不過應該也沒有必要拘泥在特定種族上吧。」

我們一邊討論，同時在賣場裡四處參觀。

就算是規模這麼大的奴隸市場，礦坑族的奴隸也很少見。

基本上大多都是具備戰鬥能力的奴隸，如果要把雙手靈巧作為條件，好像幾乎無人符合。

「呃……如果是魯迪烏斯同學要教導奴隸使用魔術，我想選擇不會魔術的年幼小孩會比較好。」

菲茲學長提出建議。

「為什麼呢？」

「因為小時候比較容易學會無詠唱魔術。」

「咦？是那樣嗎？」

「嗯，我想差不多到了十歲就幾乎沒有可能學會了。」

真的是那樣嗎？

回想起來，明明希露菲有學會無詠唱，艾莉絲卻沒辦法使用。所以問題是出在年齡上？

「意思是年齡會造成影響？」

「嗯。不過這是綜合我本身的實際體驗，以及師傅和學校老師的教導後判斷出來的推論，也有可能並不正確……啊，還有如果從五歲左右開始使用魔術，可以讓魔力總量爆炸性增加。要使用魯迪烏斯同學的方法製作人偶，魔力總量應該要多一點會比較好吧？」

如果從五歲左右開始使用魔術，可以讓魔力總量爆炸性增加。

我以前曾經做出類似的假設，不過這是第一次從他人口中聽說。

「可是我聽說在這個世界，魔力總量是天生註定。」

「那是錯誤的理論。教本上的確有寫那種事，不過我認為那是因為超過十歲以後魔力就幾乎不會再成長，所以造成這種誤解。」

原來如此。這樣聽起來，從兩三歲就開始使用魔術的我擁有高魔力總量也是可以理解的狀況。

而且，說自己實際體驗過的菲茲學長恐怕也擁有相當多的魔力總量吧。

「菲茲學長也是從小就開始使用魔術嗎？」

「嗯。那個……以前曾受到師傅的幫助，是在那時拜託他教導並開始學習。」

「哦～」

說是受到幫助，是不是在森林裡遭到魔物襲擊呢？

不，既然是小時候，被綁架的可能性應該較高。

畢竟這世界的綁票根本蔚為風潮，而且學長拿下墨鏡後想必是個美少年，要是被綁架集團盯上也很合理。

「那位師傅也會使用無詠唱魔術嗎？」

「嗯，是很了不起的人。我到現在還很尊敬他。」

「是這樣嗎，我也很想見上一面。」

要是能見到能夠教導他人學會無詠唱魔術的人物，我自己的魔術實力或許也能夠再稍微提昇。

不管怎麼樣，一定都會有什麼收穫吧。雖然我心裡這麼想，菲茲學長卻露出苦笑。

「呃……這希望恐怕不可能達成……」

「是那樣啊……果然是因為對方是某位身分高貴的人士嗎？」

菲茲學長是公主的護衛，說不定他的師傅是宮廷魔術師之類。

過去幸運在某處獲得宮廷魔術師的幫助，透過這層關係成為弟子，成長後擔任公主的護衛……可能是這種過程。

如果是阿斯拉王國的宮廷魔術師，至少能辦到無詠唱這種事吧。

「他並不是身分高貴的人士……其實……是菲托亞領地的人。」

「啊……」

那個人也遭到轉移牽連嗎？

所以菲茲學長也不知道對方身在何方。

「這該怎麼說……希望對方還活著。」

「他還活著，已經找到人了啊。」

話說起來，菲茲學長好像有說過他是為了尋找認識的人才會開始調查轉移相關資料。

而且，也說過最近找到人了。原來他要找的對象是自己的師傅啊。

「咦？既然這樣，為什麼我沒辦法見到對方？」

「嘻嘻……這是祕密。」

菲茲學長靦腆地笑了。

……為什麼每次看到這個笑容，自己就會心跳加速呢？

我可以愛上二次元的偽娘，但是我應該絕對不是男同志啊……

難道就是要靠這種衝擊療法嗎？

我們按照菲茲學長的建議，繼續尋找奴隸。希望條件共有三項。

一、大約五歲（因為考慮到要是年紀太小，很可能無法理解語言）。

「嗯，這樣很好。」

二、礦坑族（萬一實在不行，會改用拿黏土來製作的方法，因此雙手靈巧的奴隸會比較好）。

「因為礦坑族那些傢伙有很多人都雙手靈巧又能理解藝術。」

三、是可愛的女孩子（這是我個人興趣）。

「要女孩嗎？本王子無論男女都無所謂，但是師傅，您是否弄錯了目的？」

「魯迪烏斯同學……」

我把條件一一列出後，最後一項遭到兩人的譴責。

「怪了？」

因為同行者清一色都是男人，我滿心以為會獲得贊同……

算了，他們畢竟不是那種人。

如果是艾莉娜麗潔，可能會願意贊同我的意見……

不，要是那傢伙在場，或許反而會提議要找個可愛男孩。因為她最近的守備範圍好像新擴展到正太那一塊。

「可是一旦只有五歲，就不能期待教育那方面，說不定還會碰上連語言都不通的情況。因為萬一是個只會獸神語的奴隸，根本無暇顧及學習魔術那方面。」

「我也會獸神語，真是那樣的話，我會負責教育。」

「您居然連獸神語都懂，不愧是師傅！」

「哼哼，也沒什麼啦。」

聽到札諾巴的稱讚，我得意地抬起胸膛。

別看我這樣，實際上精通多國語言。

而且也曾經教導過五歲小孩。

……講到這個，不知道希露菲現在過得好嗎？

不需要拿艾莉娜麗潔和菲茲學長舉例，對我來說……正確說法是對奇幻世代的日本人來說，所謂的長耳族擁有正中喜好的外型，全都是些體型高挑纖細的帥哥美女。

希露菲也擁有長耳族的血統。

我記得她和我同年，所以現在是十五歲嗎？

想必出落得相當漂亮了……

根據保羅所說，希露菲的魔術實力已經大有長進，再加上她擁有一頭綠髮，我想應該會在哪裡聽說和她有關的傳言。而且只要碰面，自己肯定能立刻認出。

可是實際上卻沒消沒息……真不知道她現在人在哪裡。

「總之，既然我們已經決定好條件，那麼直接去找商人打聽一下吧。」

我前往寫著「諮商處」的場所。

櫃台的人員是個頂著光頭，嘴邊蓄鬍的肌肉男。

他看到我和菲茲學長時露出納悶的表情，注意到札諾巴後才點點頭像是總算理解。

「打擾一下，其實我們在找……」

肌肉男無視已經開口的我，對著站在後方的札諾巴搭話。

「這位大哥歡迎光臨，想找什麼啊？護衛用的戰士嗎？目前甚至有能夠教導劍術的傢伙喔！要找魔術師的話也不是沒有，不過這種需求去魔法大學應該會比較好。或者是需要『那方面』的對象？不不，沒有必要明講！畢竟你一臉不怎麼受歡迎的樣子嘛！現在有一個二十幾歲又豐滿有料的人選！而且出身青樓，那方面也沒有問題！當然也沒有得病噢啊啊啊啊啊啊！」

於是，男子受到札諾巴用鐵爪功伺候，還被抬了起來。

「竟敢無視師傅！我要撕開你的下巴，把這根喋喋不休的舌頭給拔下來！」

「啊……喂！你在做什麼！」

就在旁邊的警衛立刻衝上來打算制服札諾巴，札諾巴卻紋絲不動。

反而只是稍微抖動身體，就把警衛都彈飛出去。

哎呀，真是強大的力量。

一個有點像阿宅的高個子瘦皮猴把健壯的警衛抓起來用力甩動。

真是脫離現實的光景。這就是神子的力量嗎！力量就是POWER嗎！（註：動畫《新仙魔大戰》的角色「ブラックゼウス」的口頭禪）

哎呀，現在可不是繼續看戲的時候。

「No！札諾巴，快住手！要乖！」

「是！」

聽到我的命令，札諾巴鬆開手。

由於他突然停下，警衛也跟著停止動作。

我逮住這個大好機會對警衛低下頭。

雖然這沒什麼好驕傲，不過這幾年以來，我低頭賠不是的速度已經鍛鍊到進步很多。所謂速度正是 SPEED！

「實在非常抱歉，他只是太有點興奮了而已。」

「不，沒關係……但是不要太過分啊，下次我可會拔劍。」

對方很爽快地原諒我們。

儘管眼中帶著一些畏懼神色，不過我要當作沒看到。就算針對這點追究，也不會有什麼好事。

話說回來，最讓我驚訝的人是菲茲學長。

在札諾巴被抓住的那瞬間，他立刻站到我前方並舉起魔杖。動作極為迅速。

不愧是公主的護衛，或者也可以說只是我太沒用了。

算了，繼續談正事吧。

「我們在找大約五歲的礦坑族。」

我重新向肌肉男提問。

「大約五歲……？」

肌肉男顯得有點心驚膽跳，不過還是看向手上那本像是目錄的東西。

他翻動紙張，瞇起眼睛。

「礦坑族本身在這一帶已經很少見，再加上還要五歲……」

果然條件太嚴苛了嗎？

礦坑族基本上是米里斯大陸的居民，住在大森林南側，青龍山脈的山腳下。真的是除非遭到綁架，否則不會來到這附近。

「只要是雙手靈巧的種族，不是礦坑族也沒有問題。甚至只要夠年輕，可以不要挑剔種族……」

「哦！有了，有一個。」

肌肉男用手指敲了敲目錄某處。

「礦坑族的六歲女孩。因為雙親的負債，一家子都成了奴隸。健康狀態有點差，是營養失調嗎……只要讓她好好吃飯，很快就會恢復健康吧。不會人類語，還有畢竟才六歲，所以也不識字。」

「原來如此，那麼她的父母是什麼情況？」

「雙親都已經被賣掉了。」

話說起來，冒險者時期的我曾在酒館裡聽人說過。

礦坑族中，有一部分的人認為只要有山就可以活下去。

如果只是離開米里斯大陸，在王龍山脈工作倒是還沒問題；但是偶爾會有些沒怎麼搞清楚狀況的傢伙跑來北部，結果沒辦法進入山裡所以走投無路。
居然連家人也一起拖累，真是個徹頭徹尾的糟糕老爸。
「總之，先實際看看吧。」

肌肉男聯絡後，我們等了一陣子，有一名商人前來。
是個擁有褐色皮膚的男子，那顏色不光是因為日曬。
我猜他可能出身於貝卡利特大陸，或是雙親其中之一是貝卡利特大陸的人。
體型有點肥胖，滿身大汗。
雖然他不斷用搭在肩上的布擦汗，但是那條布也已經溼透了，身上飄散出一股汗臭味。不過這是因為市場裡面太熱，我不會有那麼多抱怨。
我自己剛剛把長袍脫了，札諾巴同樣也脫下斗篷。
只有菲茲學長維持平常的裝扮。
而且，他還顯得很若無其事。不，他現在滿臉通紅，不過那是基於其他理由。
「幸會，我是瑞姆商會旗下，多梅尼商店的分店長，斐布里特。」
商人這樣自我介紹後，把手伸向札諾巴。
因為看到札諾巴把手伸向斐布里特的臉，我趕緊強行把他的手拉過來握住。
「你好，我是泥沼的魯迪烏斯。」

刻意報上這名號後，斐布里特臉上閃過懷疑的神色，但隨即露出笑容。

「哦哦！您就是泥沼嗎！我曾經聽過傳聞，說您在去年打倒了脫隊龍。」

「那只是因為運氣好，而且當時對手也已經很衰弱。」

A級冒險者「泥沼的魯迪烏斯」這名字來到這一帶，似乎總算還有點名氣。

我努力推廣名聲的奮鬥可沒有白費功夫。

「聽說您今天是想來購買礦坑族……？」

斐布里特看了札諾巴和菲茲學長一眼。

「是的，在這兩位的投資下，我要開展事業。所以正在尋找可以從小教育並培養技術的孩子。」

這是在信口開河，但我沒說謊。

「原來如此，是這麼一回事……那個奴隸並不是太推薦的商品……總之請各位先看看吧，這邊請。」

我們跟著斐布里特，從市場後方前往隔壁的建築物——奴隸倉庫。

雖然說是倉庫，實際上卻只是排列著裝有輪子的鐵籠，裡面關著奴隸。

鐵籠的空間大約只有半坪，一個鐵籠裡基本上會關著一到兩人。

在帶進賣場前，大概會把他們洗乾淨或是塗上油好增加肌肉光澤吧。

然而現在卻髒兮兮的，還發出刺鼻臭味。

我毫不客氣地打量之後，有些人會抽抽噎噎地哭起來，也有人對我放出強烈的殺氣。
倉庫裡面有幾個跟我們一樣直接來找業者談價的人。
斐布里特毫不猶豫地沿著鐵籠之間的通路往前走，然後對著一個站在路旁的人搭話。
「喂，那個礦坑族小孩還活著嗎？」
「嗯，還算有條命。」
「人在哪？」
「這邊。」
看起來像部下的人物開始為斐布里特帶路。
我們前往奴隸倉庫的深處，再繼續前進。
來到這裡大概已經不會受到外面的火堆影響，感覺有點冷。
「就是這傢伙。」
斐布里特的部下停在一個鐵籠前方。
裡面有個眼神空虛的少女正抱住膝蓋坐著。
「……喂，讓她出來。」
「是。」
斐布里特的部下點點頭，打開鐵籠把裡面的少女拖了出來。
這是一個被套上鐵項圈和腳鐐的小孩。

聊勝於無的破布勉強遮蓋著骨瘦如柴的身體，頭髮又髒又亂，還混著幾根白髮。原本的顏色……應該是橘色吧？

她的臉色很差，眼裡只有空虛，用雙手抱住自己的身體，還不斷發抖。這裡已經是倉庫深處所以比較冷，不過她發抖的原因看來不光是因為太冷。

實在可憐。

「把她的衣服脫掉。」

斐布里特的部下完全不介意這種事，很乾脆地拉掉少女身上的破布。

瘦到只剩皮包骨，活像是飢餓兒童的身體完全暴露在外。

看到這模樣，菲茲學長皺起眉頭。

「魯迪烏斯同學……」

希望他能放心。就算是我，面對這種像是普立茲獎得獎照片的光景也不會產生欲望。只會湧上想早點買下少女，讓她吃飯洗個熱水澡的情緒。

然而，少女的眼神讓我有點在意。

這種曾在哪裡見過的空虛眼神。

「正如各位所見，這是礦坑族的小孩。因為才六歲，並不懂得什麼技能。雙親都是礦坑族，父親是鐵匠，母親會製作裝飾品。所以關於雙手的靈巧度，只要有遺傳到雙親，應該是可以期待。只是，語言方面只懂獸神語。再加上我方並不認為她賣得掉，因此健康狀態並不太好。這方面就在價錢上打個折扣吧。」
菲茲學長露出一臉複雜表情，靠近少女，把手伸向她的臉頰。
幾秒鐘之後，我覺得少女的臉色似乎有好轉。
他做了什麼？
「這個奴隸當然是處女所以不必擔心性病，不過可能有其他疾病。基本上在您購買時會由我方負責對她施加解毒魔術，但還是不太推薦。」
「……」
菲茲學長的眼神很像是撿到了被丟掉小狗的小孩。
不管怎麼樣，因為這少女符合條件，我是有意購買啦。
只是我果然還是很介意她的眼神。
稍微確認一下好了。
「午安，小妹妹。」
我蹲了下來，用獸神語對她說話。首先要聊一聊，當作面試。
「我叫魯迪烏斯，妳呢？」
「…………」
「其實啊，大哥哥們有一些事情希望妳幫忙去做。」
「…………」

「嗯……」

少女只是以空虛雙眼看著我，嘴裡一言不發。我注意到斐布里特的部下想拿起腰間的鞭子，趕緊舉起手制止。

「師傅，怎麼了？」

「她相當絕望呢。這是沒有任何希望，只覺得很想死的態度。」

「……師傅這話的意思是您見過那樣的人？」

「以前看過幾次。」

聽到我這樣說，札諾巴和菲茲學長都一臉苦惱極了的嚴肅表情。

自己不打算提太多生前的事情，因為怎麼講都只有負面案例。

「……」

我和少女又對望了一會。

真是讓人懷念的眼神。生前，我有一段時期也是這種樣子。

對了，記得是過了二十歲的時候。

認為自己沒有學歷，也沒有將來性，連打工經驗都沒有，今後大概只能過著每天吃飯拉屎的無意義生活。當時的我就是這種眼神。

不過現在回頭思考，我在那時候其實還有能力做些什麼。

然而，自己卻對現狀感到絕望，放棄一切。而且過了幾年，甚至擺爛接受自己就是個尼特族，變成一副更不堪入目的樣子……

總之，我在當時……對了，已經不抱任何希望。

只覺得很想死。

「妳已經想死了嗎？」

「…………」

「畢竟自己根本已經沒有任何辦法了嘛，這種心情我懂。」

「…………」

少女的雙眼慢慢對焦到我身上。

「如果妳真的希望，要我幫妳結束嗎？」

我這話雖然講得輕巧，但是出自真心。

自己曾經有過真的想去死的念頭。只是，我在那時並沒有死，而是渾渾噩噩地隨便度過後來的人生。那是一段漫長的後悔時間。

我沒辦法拯救少女的人生。

當然，我可以在這裡買下她，給她工作。

也可以讓她有飯吃，有衣服穿，對她講些溫柔的好聽話。

但是，我認為自己很清楚那樣並不是一種救贖。就算被迫去做自己不想做的事情，也絕對不會成為救贖。

與其要那要做，倒不如讓一切乾脆結束。

如果她可以跟我一樣死了之後再走上別的人生，那麼捨棄目前的人生，進入新人生之後再好好努力反而比較好。

毫無疑問會有那樣的人，什麼有心努力就能辦得到的理論只不過是假好心。

看在我的眼裡，也覺得少女還可以繼續奮鬥下去。因為她還這麼年輕……或者該說是這麼年幼，根據今後的努力，很有機會獲得好結果……雖然很想這樣說，但是生前一直收到類似鼓勵的自己卻沒能爬起來，我的愚蠢到死都沒有導正。

我不知道這個少女和我是否相同。

到頭來，還是要看當事人的幹勁。能做出決定的人不是我。

「…………」

「妳也說點什麼吧。」

少女連一動也不動。

然而，她那乾裂的嘴唇卻緩緩張開。

「——我不想死。」

少女喃喃說出這句話。

聲音很微弱，內容也很消極。

但是，合格了。通常不就是這樣嗎？我自己也差不多。

這樣就夠了。就算不是「想活下去」也沒關係，目前只要「不想死」就暫且夠了。

「我要買下她。」

我把拿在手上的長袍蓋在少女身上，然後用魔術製造出暖風，把她的身體吹暖，還對她施展解毒魔術。不過治癒魔術沒辦法恢復體力，所以等一下要帶她去吃飯。

「斐布里特先生，要多少錢？」

阿斯拉大銅幣一枚，這就是少女的價錢。

★　★　★

買下少女之後，我們先前往奴隸市場角落的清洗處把她洗乾淨。

然後在商業區購買衣服等必須用品，再隨便挑了一間咖啡廳。

不是餐館，而是氣氛不錯的咖啡廳。

這是菲茲學長的選擇，看起來就是我單獨行動時絕對會避開的地方。

學長本人很適合這種咖啡廳所以沒有什麼問題，但是自己怎麼樣都有一種跑錯棚的感覺所以坐立難安。

相較之下，札諾巴或許該說不愧是王族吧？表現出一副自若模樣。

至於剛被我們買下的少女似乎根本無暇顧到那麼多，儘管才買給她的連身裙有點被弄髒，還是專心一意地把餐點扒進嘴裡。

只有我一個人覺得很不自在。

「嘻嘻……」

菲茲學長看起來心情很好。

他一邊說著「真是太好了」，一邊摸了摸少女的頭。

「對了，魯迪烏斯同學。這女孩的名字是什麼？」

聽到這個問題，我才注意到自己還沒問清楚這件事。

那個叫斐布里特的商人也沒告訴我。

「小妹妹，妳叫什麼名字？」

少女回看著我，一臉感到不可思議的表情。

「……名字？」

咦？我的獸神語該不會很難聽懂吧？

雖說的確差不多三年沒用了，但是在大森林裡溝通得不錯啊……

難不成在德路迪亞村裡，大家都把我當成那種剛到東京還自稱日文流利實際上卻講得亂七八糟的老美看待？

不，怎麼可能……我的程度應該和瑞傑路德沒太大差別才對啊？

「呃……以前別人是怎麼叫妳的？」

「……聖鐵的巴薩爾和美麗雪稜的莉莉特拉之子。」

因為實在無法掌握重點，所以我只好直接按照原文翻譯給菲茲學長聽。

「噢，原來是這樣。」

於是他點了點頭，臉上帶著什麼都懂的表情。

「礦坑族在七歲之前都不會有正式的名字。」

「正式的名字？」

「嗯。礦坑族在七歲前沒有自己的名字，等到年滿七歲的時候，會依據自己喜歡、憧憬，或是擅長的事物來取名。」

似乎是這麼一回事。不愧是菲茲學長，實在博學。

「可是沒有名字會很不方便呢。」

「反正她的雙親都不在了，只能由我們幫她取一個。」

原來如此。

「我們接下要幫妳取名字，妳自己有沒有什麼想要的名字？」

基本上還是問了一下本人的意見，不過她卻只是歪了歪頭。看這種樣子，她真的能學會製作人偶嗎？我有點不安。

「畢竟是女孩子，取個可愛的名字吧。」

菲茲學長講出這種充滿少女情懷的發言。

聽到這種話，反而會讓我很想取個勇猛的名字……不行不行，她又不是小狗小貓，要正式一點才行。

「札諾巴！說說你的意見吧！」

札諾巴把臉轉了過來。

「嗯？可以由本王子決定嗎？」

「因為出錢的人不是我啊。」

「那麼，就叫作朱利亞斯。」

札諾巴平靜地提議，連想都沒想一下。

「那是男性的名字吧？」

「是的，朱利亞斯是本王子以前因為力道拿捏錯誤而不小心殺掉的可憐弟弟。」

我現在的表情是不是很奇怪？

之前聽說過札諾巴勒死自己弟弟，還被稱為拔頭王子，可是聽到當事者講得如此輕描淡寫，反倒讓我不知道該擺出何種表情。

菲茲學長則是一臉不明就裡的樣子。

「這孩子要放在本王子的房間吧？既然如此，取個讓本王子有親近感的名字比較好。」

的確，我們決定要讓這少女和札諾巴住在一起。

因為札諾巴居住的王族用房間比較寬廣。

雖然住在我那裡也可以，不過根據當初的預定，我們應該是計畫要讓奴隸待在有錢的札諾巴房裡會比較自然。這也是因為不管怎麼樣，一旦購買奴隸並帶回學校宿舍就必須申請許可證，而王族會比較容易取得許可證。

不過呢，既然少女不懂人類語，放在我房裡應該也行吧。

或是乾脆連我也住進札諾巴那邊。

「嗯，如果你堅持的話，我是覺得叫那名字也行。不過她是女孩子，起碼改成茱麗葉特如何呢？」

「本王子可以接受，那麼就叫她茱麗葉特吧。」

「茱麗……葉特，嘻嘻，真是個好名字。」

不知道菲茲學長覺得哪裡有趣，他似乎很開心地笑了。

既然大家的意見已經統一，我負責傳達給少女。

「從今天起，妳的名字就是茱麗葉特。」

「茱麗……？」

「是茱麗葉特。」

「茱麗。」

少女這樣說完，露出生澀笑容。

她只有記住「茱麗」這部分，不過也沒關係吧。

如此這般，札諾巴身邊多了一個茱麗葉特（通稱茱麗）。

她一方面接受我和札諾巴教導各式各樣的事情，還要慌慌張張地跟在生活各方面都很散漫的札諾巴身後並從旁支援。到了晚上，要過來我這邊學習人類語以及無詠唱魔術。等到睡前，就透過讓她專心聆聽札諾巴的人偶相關傳道來進行洗腦……我是指教育。

茱麗必須從事這些勞動工作。

順便說一下關於札諾巴這邊，我讓他繼續進行慎重使用手指的訓練。畢竟他應該也希望有一天能夠親手製作吧。

從現在起，我和札諾巴的人偶計畫將會一點點往前邁進。

至於我的真正目的，依舊未曾出現有機會達成的徵兆。

第七話「獸族大小姐綁架監禁事件 前篇」

莉妮亞·泰德路迪亞。

出身於大森林的守護者·德路迪亞族之一的泰德路迪亞族。

是族長袞斯塔夫的孫女，也是戰士長兼下任族長袞耶斯的女兒。

普露塞娜・亞德路迪亞。

出身於大森林的守護者・德路迪亞族之一的亞德路迪亞族。

是族長布魯德古的孫女，也是戰士長兼下任族長提魯提利亞的女兒。

「德路迪亞族」這個種族在獸族之中是特別的存在。

他們的起源可以追溯到五五〇〇年前，第一次人魔大戰之後的時期。

人族和魔族的全面戰爭——人魔大戰，這場戰爭的勝利者是人族。

人族把魔族當成奴隸般對待，變得越來越傲慢。

由於獲得了壓倒性的豐裕生活，人族接二連三地對其他種族宣戰。

居住在擁有充沛木材資源的大森林裡的獸族也沒有成為例外。

面對逼近的大軍，當時的獸族首領「獸神基迦」挺身而出。

為了對抗卑劣的人族，獸神基迦團結整個獸族，自己也站在最前線奮戰。

據說他發揮力量，有時則是運用智慧，並且在其他獸族的協助下，最後成功守住大森林。

「獸神」成為君臨所有獸族頂點的男人，也是英雄之名。

而這個「獸神基迦」，正是出身於德路迪亞族。

所以在基迦死後，德路迪亞族依舊是大森林裡眾多獸族的領袖。

如果只看這些內容，或許會覺得好像也沒什麼大不了。
聽起來或許只像個不知名的大酋長一族吧。
然而時至今日，獸族不只居住在大森林裡，也前往中央大陸和貝卡利特大陸等其他地區。總數雖然比不上人族，但也絕對不是可以等閒視之的數量。
此外，不只對獸族，德路迪亞族的發言對長耳族、礦坑族、以及小人族等種族也有很大的影響力。
是住在大森林的所有種族的領袖。
綜觀整個大森林，被視為擁有能夠和米里斯國全面戰爭的戰力。
因此所謂的獸族，就是具備此等武力的強大種族。

而且，莉妮亞和普露塞娜都是德路迪亞族族長的孫女。
是獸神的直系子孫，代表著特別的意義，也是將來可能會成為族長或是族長之妻的存在。
若以人族來打比方，她們就是擁有王位繼承權的人物……沒錯，等於是公主。
不僅如此，這兩位公主的祖國，還可以和人族大國的米里斯神聖國相匹敵。
所以莉妮亞和普露塞娜剛入學時，是學生中身分地位最高的存在。
這樣的高貴人士為什麼會離鄉背井來到遙遠異國求學呢？這是因為上一代的王子和公主實在太沒出息，偏偏連身為接棒者的兩人也跟上一代的王子（裘耶斯）、公主（基列奴）一樣沒什麼腦袋。

為此感到憂慮族長裘斯塔夫因此下令，要她們前往遠方修習學業，獲取知識。

他認為如果兩人待在權力無法發揮功用的地方，或許能夠學會如何分辨事理再回來。

不過呢，他錯估了一件事。

莉妮亞和普露塞娜是基於「獸族族長孫女的立場在那裡應該無法發揮影響力」的理由而被送進魔法大學。

兩人也做好心理準備，認為自己可能會因為身為獸族而反遭迫害。

結果實際上等待她們的，是小心翼翼對應自己的教師，以及只會逢迎巴結的學生。

沒錯，結果德路迪亞族這個身分還是很有影響力。

一理解這個現狀，兩人立刻得意忘形。

除了周圍惶恐態度的推波助瀾，自從莉妮亞和普露塞娜發現靠著德路迪亞族代代相傳的聲音魔術、優秀的敏捷性、肌肉力量、種族特性帶來的打架強悍性，再配合課堂上學到的詠唱魔術就可以輕鬆打倒高年級生後，原本剛入學時面對人族學生還提心吊膽的兩人就開始越來越胡作非為。

集團抵制、恐嚇、勒索、聚眾鬧事……

大概把不良學生會做的勾當全都做過之後，她們以一年級的身分成為不良集團的老大。

但是，兩人的活躍光景很快告終。

在她們升上二年級的同時，阿斯拉王國來了一位公主。

愛麗兒・阿涅摩伊・阿斯拉，阿斯拉王國第二公主。

這個在不久之前甚至成立派閥投入權力鬥爭的人物居然帶著兩名護衛，以旁若無人之姿闖入莉妮亞和普露塞娜的地盤。

而且讓兩人火大的是，至今都對自己搖尾討好的那些教師現在卻開始巴結愛麗兒等人。

即使如此，她們還是忍耐了半年。

儘管不知道為什麼，一直覺得看對方不順眼的兩人還是勉強忍耐。

當然，這種沒有意義的忍耐行為不可能維持多久，她們很快就到達極限。

讓不滿爆發的導火線，是愛麗兒才一年級就進入學生會的事蹟。

愛麗兒是受到眾人稱讚的高材生，自己這邊卻是被貼上不良標籤的壞學生。

莉妮亞和普露塞娜覺得這樣的對比是一種針對她們的諷刺。

當然兩人被貼上不良標籤是自作自受，根本沒資格懷恨在心，但是她們才不管那麼多。

莉妮亞和普露塞娜開始刁難阿斯拉公主一行人。

從「在路上相遇時會把痰吐到她面前地上」這種沒有造成實質危害的騷擾行為開始，再演變成故意用肩膀撞她，用水潑她，甚至偷走內褲丟到男生宿舍前面等等越來越激烈的手段，最後引發帶著大批不良學生直接出手的襲擊事件。

於是，整群人都被菲茲學長一個人痛毆一頓。

關於這個事件，也有謠言說是愛麗兒陣營故意設圈套陷害莉妮亞和普露塞娜。

話雖如此，將近二十名的襲擊者遭到菲茲學長隻身擊退的事實並不會改變。

莉妮亞和普露塞娜她們兩個也被菲茲學長一個人毫不留情地徹底擊垮。

由於事件浮上檯面，教師們也開會討論，最後決定把將近二十名的襲擊者全部退學。

然而莉妮亞和普露塞娜並沒有被退學，大概是校方判斷把德路迪亞族的千金小姐退學是個不妥的下策。

因為輸給菲茲學長一個人所以丟光面子。

跟隨兩人的混混們全都被退學，也沒有人站在她們那邊。

莉妮亞和普露塞娜在校內的行情暴跌，阿斯拉公主一行被學生們視為英雄。

順便說一下，基本上阿斯拉公主一行也被校方給予特別生的立場，不過基於公主本人的強烈希望，現在的待遇和一般學生相同。

當然，莉妮亞和普露塞娜認為這種情況很不有趣。

但是再怎麼不有趣，雙方還是有著明顯的戰力差距，自己的手下也已經全數消失。

頂多只有趁著去年入學的特別生札諾巴和克里夫鬧事時，為了發洩心中怨氣所以硬找了個藉口撂倒他們。

雖然後來有指使札諾巴調查公主一行的情報，不過兩人並不打算報仇。

到了最近，雖然多少還是做了些品行不良的行徑，倒是都有認真上課。
可以說是已經改過自新了吧。
對於身為新生的我來說，這是顯示出「菲茲學長超厲害！」的一段插曲。
是已經結束的事件……原本應該是那樣。

★札諾巴觀點★

茱麗成為本王子的師妹後過了一個月。
被師傅稱為「實驗」並且讓茱麗從事的修行方法顯得非常奇異。
他只有在一天開始時會讓茱麗使出一次利用詠唱發動的魔術，接下來就不會再傳授任何詠唱，而是要茱麗一直以無詠唱方式製造土彈。
當初看到這種方式時，本王子認為不可能靠這種做法來學會無詠唱魔法。
然而，一個月就得出成果。
只用了短短一個月，茱麗就成功製造出土彈。
而且是以無詠唱方式，實在讓人吃驚。
根據師傅所說，茱麗的魔術實力距離他期望的程度還很遙遠。

的確，以無詠唱方式來製造土彈時，茱麗必須挑戰許多次才會成功一次，而且很快就會耗盡魔力。也經常努力一整天，結果卻連一次都沒有成功。

然而，和欠缺才能的本王子相比……罷了，本王子只要在其他方面出力就行。

話說回來，居然連這種年幼小孩也能夠以無詠唱方式來使用魔術。

師傅說這都要歸功於菲茲學長的建議，這講法實在讓我啞口無言。

實際上教導茱麗的人是師傅，該說不愧是師傅才對吧？總之，拜入師傅門下的本王子果然沒有看走眼。

另外，師傅在教導魔術的同時，也教導茱麗學習人類語。

讓人驚訝的是，如果是隻言片語，茱麗打從一開始就可以理解人類語。仔細想想，她曾經和雙親一起住在中央大陸好幾年，這也是理所當然。

也因為這樣，要教導她學會人類語感覺似乎不是難事。那個可惡的商人，竟然敢說謊。不，他沒有理由說謊，或許單純只是因為茱麗在那裡都沒有開口說話。

不管怎麼樣，對本王子來說，買下茱麗真是買對了。

茱麗是個機靈的孩子。只要吩咐她拿那個或這個過來，不需詳細解釋，她也會選擇必要的東西，很擅長推測本王子的想法。

就像是金潔那樣。

為了讓買來的奴隸無法逃走，原本在奴隸身上烙印或是施加特殊魔術印記是一般的做法，然而師傅似乎不喜歡那種東西，購買茱麗時也沒有進行這類處理。
意思是他沒有把茱麗視為奴隸，而是完全當成弟子看待吧。
既然這樣，本王子決定也要把茱麗當成師妹。
不是奴隸而是師妹。只要這樣想就會覺得她很可愛，真是不可思議的事情。

那麼，某一天。
發生了那個事件。
時間是晚上，師傅教導茱麗土魔術的課程剛結束後沒過多久。
本王子會在上完課後，對茱麗講解人偶的美妙之處。
缺乏熱情無法成就大業。茱麗會成為師傅壯大計畫的骨幹，她有義務要去理解人偶的美妙之處。
那一天……對了，本王子是打算以「瑞傑路德人偶」作為例子，來講述師傅在人偶造型方面究竟是多麼出色。
所以本王子從可以上鎖的保管箱裡拿出人偶。
這是一個同時帶有威脅感和強大感的戰士人偶，不管什麼時候欣賞都非常完美。
正在準備回房的師傅看了看這個人偶，突然開口發問：
「話說回來，洛琪希人偶怎麼樣了？」

聽到這句話的瞬間，本王子可以感覺到自己全身噴出冷汗。

至今一直覺得不會被問到不會被問到的事情終於被問到，讓本王子差點不由自主地回答：

「放在西隆王國沒帶來」。

當然，那是謊話。

然而，本王子用力咬緊嘴唇，忍住衝動。

本王子不會說謊，絕對不會對師傅說謊。

「其實……有帶來……是有帶來……」

嘴巴不聽使喚，雙手不斷發抖。

要是知道事實，師傅說不定會把本王子逐出師門。

一想到這個可能性，身體就變得如同灌了鉛那般沉重。

「有帶來嗎？好久沒看了，可以拿出來給我看看嗎？」

師傅的語氣帶有期待，讓我感到很心痛。

歷經千辛萬苦，本王子終於從床舖底下拉出一個上鎖的箱子。

然後用發抖的手打開箱子，拿出裡面的物體。

看到那物體的瞬間，師傅的視線整個固定住。

「喂，這是怎麼回事……」

他的聲音在顫抖，明明語調平坦又沒有起伏，但是卻在顫抖。

本王子很想哭，出生至今從來不曾碰上如此可怕的狀況。

因為師傅的一大傑作……

「1／8洛琪希模型」已經很悲慘地遭到解體。

頭部斷掉，用來換裝的零件整個粉碎，手臂在手肘那裡折斷，腳也歪往奇怪的方向。

這是悽慘的殘骸，只有魔杖因為很堅固總算還保持完整。

「這是怎麼回事，札諾巴？你這傢伙……我……喂，這到底是怎樣，你說啊？」

那個師傅動怒了，平常總是以淡泊態度和平穩語氣來講著客氣發言的師傅……

現在卻咬牙切齒地一個字一個字吐出。

「關於我對老師是多麼感謝，又是多麼尊敬，難道我沒有告訴過你嗎？還有在製作這個模型時，我到底灌注了多少對老師的心意，這些，你不是老早就知道了嗎？」

本王子清清楚楚地感受到師傅真的生氣了。

就算被莉妮亞和普露塞娜當傻瓜也只是更放低身段，即使被克里夫放話也只是感到消沉，還有碰到路克瞧不起自己時也只是露出困擾表情的師傅他……

現在卻放出殺氣。

茱麗害怕到躲進本王子的身後，本王子自己也很想躲。

「我說你，該不會是……瞧不起洛琪希吧？我說，你啊，該不會是，我的敵人吧？」

「不不不……當然不是！」

本王子慌忙搖頭。

師傅經常告訴我關於洛琪希小姐的事蹟。

而且總說她是一個優秀的人物，也是該尊敬的對象。

從師傅的態度中可以感覺到的不只是憧憬，還有某種帶有狂熱信仰傾向的情感。沒錯，就跟米里斯神殿騎士團給人的感覺是一樣的。

老實說，洛琪希小姐的事情對本王子來說根本無關緊要。

但是，如果我現在老實說出那種話，師傅會憤怒到用出魔術吧。

師傅認真使出的魔術……本王子會連灰都不剩。即使被稱為怪力的神子，這身體對魔術卻不是那麼有抵抗力。

「不是那樣！這是本王子和莉妮亞、普露塞娜決鬥時，拿來當賭注的最重要寶物！雖然因為在決鬥中敗北而遭到殘忍破壞與踐踏摧殘，可是本王子絕對……絕對沒有輕視洛琪希小姐的意思！」

「你說決鬥？」

本王子繼續辯解。

一個勁地說明真相。事情起因於自己一年級時，莉妮亞和普露塞娜前來下了戰帖。那時，決定要用彼此的重要物品作為賭注，所以自己拿出了「洛琪希人偶」。

身為神子的本王子在西隆從未輸過，因此對自己的勝利是深信不疑。賭注可是「洛琪希人偶」，本王子已經做好覺悟，就算對方使出上級魔術，也要撐住並揮出鐵拳。
然而，那兩個傢伙突然使出奇妙的招式。
本王子的自由被那招奪走，就這樣只能被她們當獵物玩弄虐待。
在無計可施的情況下，本王子吞下敗仗，只能哭著交出人偶。
這也無可奈何，因為自己輸了。而且那個完美的作品被奪走是沒辦法的事情，因為肯定每個人都會想要。
本王子藉由這樣想，總算能夠死心。
然而萬萬沒有想到，那兩個不懂事物真正價值的雌性畜生居然說什麼：「這是什麼的說？」「好噁心呀喵」，然後把人偶砸到地上，用腳又踢又踩，弄得支離破碎後還把碎片踢散。
講到這裡，師傅收起殺氣。
「是嗎，你一定也很不甘心吧。」
還拍了拍本王子的肩膀。
以為獲得諒解的本王子抬起頭，卻很沒出息地驚叫出聲。
因為師傅並不是收起了殺氣。
而是有更恐怖的東西支配了師傅的臉。
「既然是發生了這種事，你該一開始就告訴我啊。如果早知道是這樣，我當時就不會滿臉陪笑了。」

講出溫和發言的那張臉，看起來彷彿帶著領悟。

語氣也和平時不同。因為怒氣爆表，師傅變得不太正常。

對於人偶，師傅很少說什麼。

本王子最近甚至覺得，或許師匠對人偶並不是那麼熱愛。

然而我錯了，師傅的內心其實比任何人都狂熱。

「來讓她們嚐嚐教訓吧。」

本王子確信，今天晚上那兩人死定了。連自己都忍不住戰慄。

然而幾秒後，靠著稍微改變思考角度，戰慄變成歡喜的顫抖。

「是，師傅！」

因為本王子想到，有了如此強大的同伴，終於可以為人偶報一箭之仇。

★魯迪烏斯觀點★

實在不可饒恕。

我非常痛恨霸凌這種行為。

就算退讓一百步，她們打贏決鬥所以把札諾巴當下人使喚的行為還可以原諒。

畢竟莉妮亞和普露塞娜自己好像也是被菲茲學長狠狠教訓過後才安分下來，因此對她們來說，「打輸的人必須服從勝利者的命令」是一種規則。
莉妮亞、普露塞娜還有札諾巴三個人訂出了規則，然後三個人都去遵守。就只是這樣。
札諾巴本身也已經接受，不是我可以說三道四的問題。
但是，奪走別人製作的東西而且故意踩爛弄壞的行為就不可原諒！
根本是超乎常軌的殘暴舉動！
跟拿球棒破壞電腦是同等級的誇張行徑！
嗚嗚！可恨！真是難以置信也絕對不可以原諒！
讓我最無法原諒的部分，是她們用腳踢洛琪希的行為，就算那是個人偶也一樣。
我以前曾經覺得「踏繪」根本沒什麼，還認為怎麼可能靠那種東西來分辨出基○徒。
但是，我現在很能理解。理解那些基○徒的心情，理解信仰之物在自己眼前遭到踐踏的屈辱感受，理解島原之亂的真相，理解卡諾莎之行的挫辱，也理解十字軍為什麼要強行遠征。
她們似乎不知道，我啊，得了ＥＤ的我啊，到底是怎樣靠著拚命回想洛琪希的種種，才能保持精神正常！
當然也沒可能知道！
……所以，我必須讓她們好好理解。
讓那兩個愚蠢的雌性畜生理解自己到底幹了什麼好事。
我也必須讓她們徹底明白。

要是一直為所欲為，總有一天會遭到報應。

「你聽好了，札諾巴先生。」

「啊……是！」

「我們要活捉那兩個傢伙，不要取她們性命。因為對於違逆神的行為必須給予處罰。」

「處罰嗎……原來如此。」

「那麼首先，我想把她們分別抓起來。」

「但是那兩人總是一起行動。」

兩人一組（Two-man cell）嗎？

懂得群聚的動物真的很聰明。

「的確是，也就是說她們兩個聰明到甚至不像是畜生。而且面對身為神子的札諾巴先生時，雖然是二打一，她們還是擁有能完全封鎖你的戰鬥力……看起來我們將會面臨一場苦戰。」

「不，本王子認為師傅出馬應該綽有餘裕。」

「不可以過於高估。因為所謂的勝利，總是會落入謙虛之人的手中。」

我讓自己保持冷靜。

要保持冷靜，保持 COOL。在冒險者時代，是否有保持冷靜可以決定生死。

我要隨時以冷靜，以 COOL 的態度……把那兩隻畜生碎屍萬段。

「以下是作戰計畫。」

「是！」

「那些傢伙的戰鬥力雖然是未知數，但我已經掌握了她們的戰法。其中之一會以高速移動並同時利用魔術等方式來擾亂敵人，另一個則趁這個時候使出聲音魔術讓敵人無法使出力量。雖然很單純，但是這兩人具備同等的身體能力，所以就算後衛遭到攻擊，也能夠立刻交換彼此負責的任務。」

被攻擊的那個專心迴避，另外一個不斷使出會讓敵人麻痺的魔術。

不知道菲茲學長是用什麼方式來破解這種合作模式？

早知道應該要問清楚。

「不過，這次是二對二。只要以真正實力來決勝負，札諾巴同學，我不認為身為神子的你會輸給她們。」

「……不，不需要二對二，本王子認為只要有師傅您一個人出馬就十分足夠。」

「札諾巴，我很高興你把我當成師傅如此仰慕。但是我在肉搏戰這方面，總是被大自己兩歲的童年玩伴打得滿頭包。雖然我自認後來有稍微鍛鍊出成果，不過老實告訴你，我完全沒有自信。」

「咦！世界上有能夠痛毆師傅的人嗎！」

「當然有，至少我自己就知道四個。」

艾莉絲、瑞傑路德、基列奴，還有奧爾斯帝德。光是自己認識的人就舉得出四個例子，我想只要去找，一定可以找到更多。而且，莉妮亞和普露塞娜未必不是其中之一。

面對艾莉絲時，只要使用魔眼和魔術就能打贏，不過實際上我和她沒有動過真格。

莉妮亞和普露塞娜的年紀和艾莉絲差不多，推測她們也擁有相近的實力應該比較好吧。

「師傅您實在太謙虛了。」

「札諾巴同學，我們必須取得確實的勝利，絕對不能讓洛琪希老師遭到踐踏侮辱的事情再度發生。說真的，我很想找菲茲學長和艾莉娜麗潔也來幫忙，只是很不巧他們兩人看起來都很忙，所以這次只能由我們自己動手。」

艾莉娜麗潔不太願意介入私人糾紛。

明明那傢伙也受到洛琪希的照顧，結果居然跟我說什麼那只是人偶而已又有什麼關係，反正不是洛琪希本人被打之類的鬼話。

實在薄情無義。

「是！那麼本王子立刻送出要求決鬥的戰書吧。在我的祖國，自古以來的規矩是要隨信附上小刀和一朵花。不過在德路迪亞族中，把爛掉的果實丟到對手頭上的行為好像具備相同的意義。不過呢，本王子並沒有聽說過那樣的方式，所以也有可能是謊話。只是上次本王子決鬥時，有被告知那就是開戰的訊息。師傅您這次想要怎麼做呢？」

「我要偷襲。」

「咦？那樣太卑鄙了吧……？」

「札諾巴。」
「不，是我太多嘴了！」
哼，卑鄙有什麼關係。
這不是決鬥，是聖戰！因為是聖戰，用上卑鄙手段也不要緊。
在宗教大旗之下，要幹什麼都可以！
只要打贏就行，沒錯吧啊啊啊啊啊！（註：模仿《JoJo的奇妙冒險 第二部 戰鬥潮流》裡「卡茲（カーズ）」的台詞）

★★★

不過，最後我放棄偷襲，因為找不到可以瞞過德路迪亞族鼻子的方法。
所以結果，我們採用在路上截擊的單純方式。我要從正面，堂堂正正地挑戰！
她們在和主校舍有一段距離的別館上課。我們找出從那裡前往宿舍的路線，選了一個沒什麼人的地方布陣。這裡是一個鄰近森林，不太容易看清周遭的廣場。
我正大光明又氣勢萬千地站在這裡等待。
時間是傍晚，行人很少。
我這樣做，並不是根據「決鬥就是該在傍晚進行」的方針。

而是因為她們上完課，離開校舍的時間就是傍晚。另外也是基於在一天快結束時，她們的魔力應該會比較少的企圖。

話說回來，那兩個傢伙還真慢。

她們會乖乖把課上完，真是丟光不良學生的面子！明明下午應該要蹺掉課堂，跑去便利商店門口跟其他不良窩在那裡才對吧……

傍晚時間過去，周圍開始變暗，附近也不再有人影經過。

我開始覺得自己像這樣雙臂環胸，帶著札諾巴站在這裡等待的光景要是被哪個人看到，或許是一件很丟臉的事情。

這時，那兩個傢伙出現了。

「幹什麼喵？」

「這是怎樣的說？」

看到大搖大擺擋路的我們，莉妮亞很懷疑地瞪著我。

「喂！你們兩個，站在那裡發呆太礙事了喵！快點讓開喵！」

雖然她這樣說，但我們當然不會讓路。

普露塞娜動動鼻子吸氣，然後似乎察覺到什麼。她舔了舔嘴角，咧嘴一笑。

「莉妮亞，這兩個傢伙好像想打一架的說。」

聽到這句話，莉妮亞毫不客氣地打量站在我身後的札諾巴。

接著嘆了一口氣。

「札諾巴，你這傢伙難道不覺得丟臉喵？為了報復之前的事情，居然把這種一年級的矮個子小鬼帶過來喵……」

「哼！」

看到札諾巴只是哼了一聲把臉轉開，莉妮亞的額頭冒出青筋。

「這態度真讓人看不順眼喵！你是不是希望另一個人偶也被我們拆爛啊喵！」

「唔……師傅，這次還是由本王子……」

札諾巴板起臉想要往前，結果被我拉住阻止。

我一樣覺得很火大，她說的另一個人偶是指瑞傑路德人偶吧。

瑞傑路德是我的恩人兼尊敬的友人，這傢伙居然想破壞他的人像。

「有什麼關係呢，我方沒有任何必須感到丟臉的事情。我覺得總是兩個人同進同出的她們才更應該感到丟臉，因為這樣等於是在主動宣傳自己不成群結黨就什麼都辦不到的事實。」

「你說什麼喵……？」

莉妮亞和普露塞娜表情猙獰地恐嚇我，感覺頭上似乎會冒出「！？」符號。

然而，果然還是不太可怕。我認識可以放出更恐怖殺氣的人物。而那個人物要是聽到剛才那種話，就會一句不吭地直接對我發動攻擊。然後毆打我，把我拖倒在地，整個人騎到我身上後，邊揮拳打人邊連連痛罵。

這些傢伙太嫩了。

「我說你這個新人，可不要太囂張啊喵！我是因為你好像跟爺爺認識所以才放你一馬，要是嘴巴太臭，我可會把你殺了！」

這什麼話。

簡直像是在指責我們毫無理由地找她們碴。

「好了，聽懂的話就快滾吧喵！我們是已經從不良畢業的優秀學生，日子過得很忙喵！要打架的話去找別人吧喵！」

莉妮亞這樣說完，對著我們隨便揮手。

有句話說看一個人不順眼，就會看對方一切都不順眼。

以前我會因為這種喵喵叫的語尾而非常興奮，但是處於這種算是真正動怒的現狀，卻只覺得被對方當白痴。

「喵喵喵的吵死了，獸族的人都只會講這麼爛的人類語嗎？我認識的獸族明明可以好好講人話，妳又不是小嬰兒，有本事就講個正確發音來聽聽啊！」

「你說什麼喵！」

！

莉妮亞張大嘴巴，瞳孔迅速收縮。她發出憤怒的呼氣聲，尾巴直直豎起。

「你這混帳……我要把你衣服扒光再潑你冷水喵！」

那一套我已經領教過了，要用來威脅只能算是次等。

是說，這樣聽起來，會覺得其實很蠢。

「真是的，莉妮亞每次都立刻抓狂……法克的說。」

普露塞娜一邊喃喃抱怨，同時張嘴露出利牙，而且把手放到嘴邊。

敗給裘耶斯的情況從我腦中閃過，她是要使用聲音魔術。

「喵啊！」

普露塞娜的動作就像是宣布起跑的槍響，莉妮亞提腳踹向地面。

隨著「咚」的一聲，莉妮亞的身體往旁邊一跳並消失無蹤。

〔莉妮亞往旁邊移動約三步之後，會突然改變方向對這邊攻擊。〕

雖然她速度相當快，不過我已經發動預知眼。

沒有快到看不清的程度。

「札諾巴，普露塞娜交給你！」

我一邊繼續用眼睛追蹤莉妮亞，一邊對札諾巴做出指示。

而且還同時對著普露塞娜那方向舉起手。聲音魔術很難用魔眼判別，雖然事先阻止是比較好的做法，但是我不知道魔力在使用聲音魔術時是如何運作。

因此，我不確定「亂魔」是否會有用，只好在普露塞娜眼前製造出大量沙塵。

「……嗚！咳！咳咳！」

大口吸氣的普露塞娜因為吸入沙塵而用力咳嗽。

「嘶啊！」

這時，莉妮亞衝了過來。

可以看清。她動作很慢，很笨拙，只憑蠻力。恐怕不用預知眼也能輕鬆看清。

根本遠遠不及艾莉絲。艾莉絲更快，更銳利，比獸族更像野獸，堅毅不屈，而且強大。

我配合她的動作使出反擊，用手掌底部狠狠擊中莉妮亞的下顎。

光是這一擊，莉妮亞就身體一軟腳步踉蹌。

我繼續追擊。首先揮拳打向她的太陽穴，等莉妮亞重重倒地後再抬腳踩住她的胸口。

最後居高臨下地賞了顆岩砲彈。

俐落的撞擊聲往外傳開。

「喵嗚！」

莉妮亞很乾脆地失去意識。

看到她彷彿成了一隻被壓扁的青蛙，我才把腳移開。裙子因為戰鬥的衝擊而往上掀起，哼，今天是白色嗎？

接著，我看向普露塞娜和札諾巴那邊。札諾巴正按照作戰計畫，負責對付要使用聲音魔法的那一邊，也就是後衛。至於普露塞娜則像狗一樣手腳著地，打算和札諾巴拉開距離。

札諾巴根本追不上。

用手腳移動的普露塞娜速度很快……是說，札諾巴未免跑得太慢。難道那傢伙是那種以摔擲技巧為主的格鬥角色嗎？

只空有臂力，顯然練跑練得不夠。

我在普露塞娜的眼前製造出泥沼。她被突然變成爛泥的地面纏住手腳，整張臉都撞進泥巴裡。

「汪嗚！」

與此同時，我繼續使出土魔術，讓泥巴硬化。

「什麼！這是怎麼回事的說？」

普露塞娜雖然驚慌失措，依舊試圖從硬化的土裡脫身。

我用左手放出岩砲彈。

「汪！」

這次同樣伴隨著爽快聲響，普露塞娜也昏倒了。

收工。

「呼……好，過來吧！」

我發出信號後，躲在附近草叢裡的茱麗拿著大麻袋以小跑步接近。

她和札諾巴一起合作，把那兩人迅速裝進麻袋裡。

話說回來，沒想到如此輕鬆。這是正常的嗎？

如果對手是艾莉絲，根本不會想要特地從側面攻擊。

她的拳頭總是採取最短路線。

另外，一開始的反擊也絕對不會成功。

就算運氣好能打中，她也會避開要害，避免腦震盪。那樣一來，後續的太陽穴遭到攻擊和倒地的狀況都不會發生。即使再假設她真的倒地，艾莉絲應該也會立刻用手腳纏住我的身體，然後發動攻擊。

還有踩住胸部的壓制動作也不會成功。因為在踩上去的那瞬間，說不定我的膝蓋或腳踝就會被抓住，而且還會被她捏碎。不過就算被捏碎，我還是會使出岩砲彈啦。

普露塞娜那邊也是一樣。

如果是艾莉絲，就算眼前的地面變成泥沼，她也不會因此行動受限。不是會好好保持平衡，就是會在即將陷入泥巴前先緊急煞車，然後避開泥沼吧。

當然，艾莉絲也不是打從一開始就能做到那種事。

她是靠著累積和我對戰的經驗，才逐漸能夠對應。但是保羅又不一樣，對他做出類似的牽制行動時，他即使是第一次看到也能夠找出辦法確實因應。所以如果是實戰經驗豐富的上級劍士，有能力避開泥沼這種程度的攻擊。

更何況時至今日，連魔物都不會被泥沼困住。

就像脫隊龍……嗯？脫隊龍好像有陷入泥沼耶。

……咦？

難道保羅和艾莉絲其實很強嗎？

是啦，我是聽說過他們都具備才能……

「不愧是師傅，本王子根本沒有上場的機會。」

這時，札諾巴扛著麻袋回來了。我中斷思緒，轉身面對他們。

「不，我自己也很驚訝。」

「您真是太謙虛了。請吧，我們回房間吧。」

「嗯。」

我們一邊提高警覺避免被他人發現，同時沿著已經變暗的通路移動。

「茱麗，妳要小心腳步喔。」

「沒……沒問題……」

或許是我多心，總覺得茱麗看我的眼神似乎夾雜著懼怕的神色。

第八話「獸族大小姐綁架監禁事件 後篇」

回到我的房間後，一段時間過去。

眼前是穿著制服的貓耳少女和犬耳少女，她們的雙手被土魔術製成的手銬扣在背後，嘴巴則被塞口物封住。

我和札諾巴坐在椅子上，等待兩人清醒。

什麼？面對昏迷的俘虜，我不打算做些什麼嗎？

不可以說這種傻話，我可是紳士。

「唔咕！」

「嗯嗚！嗯嗚！」

兩人很快恢復意識，注意到自己身處的狀況後，開始發出低吼聲。

「早安。」

我平靜打著招呼並站直身子，從上往下俯視兩人。

她們一邊扭動身子，同時把視線轉到我身上。雖然帶有一點不安，瞪著我的眼神卻依舊很強烈。

「嗯唔──！」

她們發出抗議的悶吼。

看樣子還沒有理解現狀。

「好啦……要從什麼事開始說呢。」

我把手放在下巴上看向兩人。先前的掙扎動作讓她們的裙子往上掀起，露出水嫩的大腿。

真是淫猥的景象。

「嗯。」

「嗚！」

普露塞娜立刻注意到我的視線。

她動著鼻子用力吸氣，臉上露出不安的表情。靠著自己的鼻子，普露塞娜似乎明白我剛剛看了哪裡又產生什麼感想。相較之下，莉妮亞大概沒有弄懂，依舊瞪著我連連哈氣。

看來是普露塞娜的鼻子比較靈光。

不過實際上，受到疾病纏身的我應該不會發出那種味道才對啊……

「唔。」

這時，我突然想到一件事。

眼前這個獸耳女高中生雙手被綁、服裝不整，而且還無法動彈的狀況實在充滿刺激性。

如果往那種方向嘗試，是不是能治好呢？

聽說阿斯拉貴族都擁有異常的性偏好。
或許自己也有可能因為失去童貞，所以往那種方向覺醒。畢竟我生前也不討厭那類特殊癖好。
只是也沒到最愛的地步啦。
「嗯……」
既然起了念頭，就要立刻實行。
我不斷動著手指並逼近普露塞娜，碰觸那巨大的山脈。
她用力閉上眼睛，一臉彷彿正在遭受拷問的表情。
那什麼表情，看起來很像是在指控我做了非常過分的行為。要知道世界上也有那種會對男人胸膛隨意上下其手的女人啊！
話說回來，這觸感真棒。
因為她很大……
但是，沒什麼興奮感。我聽不到應該要回應的兒子歡喜誕生的哭聲。
只要把手收回，興奮感就會瞬間消退，只留下無處可去的寂寥感。
一如往常的那種感覺。
……果然還是不行嗎？
看到我收手，普露塞娜愣了一下。接著她又吸吸鼻子，隨即換上好像鬆了一口氣，心情卻又有點複雜的表情。

「師傅，要給予那種方向的處罰嗎？」

「不，這只是一個小小的實驗。」

聽到札諾巴的提問，我平靜回答，然後看向莉妮亞。

彼此視線才剛對上，莉妮亞立刻對我投來憤怒的眼神。

我姑且也摸一下她。雖然比普露塞娜小，但莉妮亞也擁有很充實的分量。講到德路迪亞族，平均起來是波霸比較多。

不過，我的 Tomcat 依舊消沉。

要說有什麼變化，大概只有莉妮亞的眼神裡多增加了屈辱和憤怒的要素。

那些有束縛嗜好的人，聲稱讓這種視線進一步因為絕望而扭曲才叫作至高無上。

生前的我也可以理解那種理論，不過隔著螢幕和現實狀況似乎有點不同。

根本不會得到任何東西。

實驗結束。

「好了，兩位，妳們知道自己為什麼會落入這種狀況嗎？」

首先，我提出這個問題。

兩人用視線彼此示意，然後都搖了搖頭。由於莉妮亞看起來很吵，所以我選擇鬆開普露塞娜的塞口物。她思索了一會，開口喃喃說道：

「——我們對你應該什麼都沒做的說。」

「哦！什麼都沒做！」

我裝模作樣地重複普露塞娜的發言，接著打響手指。於是札諾巴以膽顫心驚的態度把一個箱子拿來。打開蓋子後，裡面放著慘不忍睹的洛琪希人偶。

「做出這種事的人是妳們吧？」

「……嗚！那個噁心的人偶是什麼啊？」

「噁心？」

我再度重複普露塞娜的發言。

竟敢說洛琪希噁心！

居然敢說我嘔心瀝血製作，因為做得很好所以忍不住賣掉的洛琪希模型……叫作！噁心！

不，冷靜下來。要保持COOL，要COOL才行……呼……呼……吐氣～……！

「這是按照吾神外型製作而成的人偶。」

「神……？」

「沒錯，我是因為受到她的幫助，才能認識世界。」

我一邊說，一邊移動到房間角落。

那裡放著神龕，是我住進這裡後立刻設置的神龕。

我把神龕的對開式小門打開，對著眾人展示內部。

「嗚……！」

「這……這是什麼……」

「師……師傅，這是……」

「……」

供奉於此的聖物如此神聖，似乎打動了兩人的內心。

連札諾巴都忍不住畏縮，茱麗則抓著他衣服的下襬，看起來快要哭了。

「那個人偶是展現吾神儀態的聖像，但是妳們卻用腳去踢，去踐踏，摧毀得支離破碎。」

莉妮亞和普露塞娜都瞪大雙眼，來回看了看我的臉和神龕，再把視線緩緩轉向札諾巴與像是隨時會哭出來的茱麗，最後放回我身上。做完這一連串的動作後，她們的臉色發青。

這就是所謂的跟藍光一樣的臉色嗎？

不過，看樣子兩人到此總算理解……自己到底幹了什麼好事。

「那麼，妳有什麼話要申辯嗎？」

對於我的問題，普露塞娜思考了幾秒。

然後，她這樣回答。

「不……不是我，是莉妮亞去踩的說，我有叫她不要那樣的說！」

「唔唔！」

比起謝罪，居然先找藉口。

哼，很好。感覺會很有趣，也來把莉妮亞的塞口物拆下吧。

莉妮亞的嘴巴獲得自由後，兩人開始以刺耳叫聲爭吵。

「說那東西很噁心所以不想要的人是普露塞娜呀喵！」

「可是去踩的人是莉妮亞的說！」

「那……那是腳滑了喵！而且，普露塞娜妳自己在最後還不是有把那東西踢飛，所以才會碎掉啊！後來看到札諾巴找碎片找到半夜，妳還嘲笑他呢喵！」

她剛剛是說札諾巴找那些小碎片找到半夜嗎……明明還有那種只有小指尖大的腳踝用零件啊。札諾巴同學，你這人真是……

我心中對札諾巴的好感度大約增加了三格。這下是直直進入魯迪烏斯路線了，做得好，札諾巴！

嗯，這事先放一邊去。

「Shut up！妳們兩個都是同罪。」

首先，我阻止這種難看的互推責任行為。

「對於犯罪行為，必須給予懲罰。」

接下來，我宣告要對她們判刑。

「話雖如此，但是我信仰的宗教才創立沒多久，尚未訂出針對這種罪行的懲罰。在妳們的村裡，碰上這種情況時會給予何種制裁呢？」

「你……你要是對我們做什麼奇怪的事情，爸爸跟爺爺都不會保持沉默喵！他們是在大森林裡數一數二的戰士……啊……」

講到這邊，莉妮亞似乎想起來了。

我說過自己認識裘耶斯和裘斯塔夫。

而且，這下我也回憶起大森林裡的「懲罰」。

「妳是指裘耶斯先生嗎？噢，這下我記起來了。其實他那時候有冤枉我，指控我對聖獸大人做出不軌行徑，所以把我衣服脫光還潑我冷水，讓我蹲了整整七天的冤獄。原來如此，那麼我也對妳們做出一樣的事情吧？」

順便說一下，我完全不記恨這件事。當時的確感到火大，不過如今再去回想，那也算是一種很有趣的體驗。

只是，聽在她們耳裡似乎解釋成別的意思。兩人都說不出話，面無血色。

果然對於她們一族來說，那種行為等於是非常殘忍的拷問。

「不……不要，我什麼都願意做，只有那種事請放過我喵！」

「隨便你對莉妮亞怎麼樣都行的說，所以請你只放過我的說！」

「沒錯喵，我怎樣都行……咦咦！」

這兩個傢伙連哀求都可以一搭一唱。

看來反省的誠意完全不夠，尤其是這隻狗畜生。

「你們德路迪亞族一碰到和信仰的聖獸大人有關的事情，就真的很偏激喔。明明沒有任何證據就逼我揹上不白之冤，還單方面斷定我是壞人……算了，發現我是冤枉的以後有謝罪就是了……不過相較之下，妳們的罪並不是誣告。」

「求求你，請原諒我的說……我不知道那是重要的人偶……！」

「嗯，我想也是。」

「我不會再犯了的說……」

什麼再犯，怎麼能再發生這種事！

要知道有形之物一旦壞掉，就再也回不來了。看到自己的重要物品在眼前慘遭破壞會是什麼心情，這些傢伙怎麼能夠體會！直到現在，我還能回想起那瞬間的情境，回想起電腦被弟弟用球棒敲爛的那一幕。

雖然事到如今我沒打算又翻舊帳，但是只有當時的絕望感和感受，即使到了現在依舊可以清晰記起。

我還記得心中唯一寄託慘遭撕裂粉碎時，會是什麼感受！

「我願意道歉喵，讓你看肚子也可以喵……」

「對啊，雖然那樣很丟臉但我會忍耐的說……」

讓我看肚子？

噢，就是裘耶斯做過的獸族版磕頭請罪動作嗎？

看到那種誠意不夠的請罪動作，沒辦法平息我的怒火。

「如果希望我原諒妳們，就把這個人偶修好恢復原狀啊！」

洛．琪．希！洛．琪．希！

「沒錯！就連師傅也沒辦法修好啊！」

札諾巴也跟著譴責兩人。

不過，札諾巴，並不是沒有辦法修好喔。畢竟零件都找齊了，最棘手的魔杖部分也沒有損傷，而且我製作人物模型的技術還比當時進步。

可以不留下接痕，完美地……

嗯？

對了，可以修好，可以修好沒錯吧。

並不是再也回不來了。

「……」

一發現這件事，我的怒氣就急速消退。

她們道歉了，而且有在反省。

有種原諒她們也可以的感覺。

是說，這種狀況一般來說算是犯罪吧？萬一事情曝光，是不是我這邊反而不妙呢？例如要是有個拿著槍的光頭男子目擊這光景……

不！不對，那不是問題重點！

這些傢伙隨便破壞別人重要物品的行為才是問題！

可是，要是我在這裡擺出和善態度，她們肯定還會再犯！

賭上身為洛琪希教徒之名！必須讓她們深深記住教訓並好好反省才行！

話雖如此，因為現在腦袋稍微冷靜下來了，所以想不出能讓人痛快出一口氣的邪惡懲罰。

「札諾巴，你有沒有什麼方案？」

「讓她們嚐嚐和人偶一樣的遭遇吧。」

札諾巴的眼神非常冷酷。

這傢伙似乎還滿腔怒火。這也當然，畢竟他是親眼目睹那個慘劇。

如果我同意他的提案，我想她們大概會成為和現在的洛琪希人偶相同的狀態。而且是由札諾巴親自行刑，直接血腥地把兩人撕碎。根本是暴君斯普拉提奴斯吧，沒錯，這男人真的會動手。

拔頭王子功力依舊。

「不，札諾巴，殺掉她們未免太過火了，而且我不喜歡殺人。」

「那麼賣給奴隸商人如何？雖說禁止買賣德路迪亞族，但是我記得阿斯拉應該有一個愛獸族成痴的家族。這兩個傢伙是德路迪亞族族長的孫女……如果可以把這種身分的獸族當成奴隸，我想那個家族即使必須違反條約大概也會願意收購。」

札諾巴的心態真是過激。

話雖如此，把她們賣成奴隸同樣也太超過了吧，會引起和獸族的戰爭。

「你說的那個阿斯拉貴族現在面臨滅亡危機，我想這計畫很難成功。」

話雖如此，伯雷亞斯家不知道怎麼樣了。

待在北方大地很難收到什麼情報。

只是聽說狀況似乎很嚴苛，或許貴族地位遭到廢除也只是遲早的事情。

「你聽好了，札諾巴。她們兩個再怎麼說也是公主，如果沒選個不會引發什麼問題的方法，事後的餘波也會反過來報應到我們身上。」

「不愧是師傅，就算怒火攻心也會考慮到如何保身。」

「你給我閉嘴。」

唔～

該怎麼辦？如果直接釋放她們，我總覺得心裡還是很悶。

乾脆一直保持這種狀態，拿來當保養眼睛的擺設也不錯。儘管不合我的口味，但她們也被分類為美少女。

不不，基本上從綁架她們的那一刻起，可能已經引起問題。

不能放在這裡太久。

她們看起來有在反省，人偶也可以修好。我很想乾脆做個什麼能讓自己痛快出一口氣的行動，然後讓這次事件了結……

唔唔～

★ ★ ★

「就是這種情況。」

遇上什麼困擾就找菲茲學長商量。

這已經成了我最近的行動模式。

因為菲茲學長很博學，基本上無論什麼問題都會給出答案。

「等……等一下，意思是她們兩人目前還在魯迪烏斯同學你房裡……？」

「是啊……不過請放心，關於今天兩人無法去上課的問題，我有確實和校方聯絡，替她們請了假。」

「呃……那個，你剛剛說抓了她們，意思是……你和札諾巴同學一起把女孩子監禁起來……嗎？」

好像是那樣沒錯。

監禁獸耳美少女嗎？我生前列出的「死前想嘗試一次的事情」清單裡好像也有這一條。只是當時想做的是更深入的行為，現在的我卻無力深入。

「魯迪烏斯同學你……那個……把她們監禁起來後……是不是有……？」

菲茲學長滿臉通紅，眼神裡帶著批判。

不妙，這下讓他有點誤會了。

「不，我沒有做什麼性騷擾行為。」

「是……是嗎？」

「頂多只有摸一下胸部而已。」

「你……你摸了她們的胸部……」

「嗯，因為想確定一點事情。」

「……？呃……意思是你摸胸部不是基於那種意思？」

那種意思是指哪種意思？

不，我知道他是在問我摸胸部的目的是不是想做和生殖有關的行為。廣義上來說，確實可以歸類成那種目的。不過若從我的觀點來看，那充其量只是醫療行為的一環，也是實驗之一。

「我不是那種意思。」

菲茲學長露出有點鬆了口氣的表情。

「這……這樣啊。不過這樣做會引起問題喔，畢竟她們雖然是那副模樣，卻出身於德路迪亞族的族長家系。」

「請放心，我和族長、戰士長都認識。」

「咦！是那樣嗎？」

「是的。只要主張是因為莉妮亞和普露塞娜在學校過得太頹廢，所以我幫忙把兩人的心態導正了一下，我想他們就會接受吧。」

「你……你是怎麼認識族長的啊？德路迪亞族很排外，要見到族長應該很難。」

我把自己在大森林的經歷告訴菲茲學長。

自己講出口後，才發現這其實是相當沒出息的一段往事。原本想幫助小孩子結果卻被抓，等到被釋放了，卻開始過著每天和狗玩耍或是製作人偶的生活。

「哇……魯迪烏斯同學真了不起……」

明明如此丟臉，菲茲學長卻顯得很佩服。

到底哪裡有讓他覺得了不起的要素呢？

「居然可以讓聖獸跟你那麼要好。」

原來是這裡。話說起來，聖獸大人為什麼要來找我啊？總不可能真的是因為喜歡我吧。

「就算是狗畜生，似乎也知道是哪個人救了自己。」

「絕對不可以在獸族面前講那種話喔。」

這當然。畢竟我自己也一樣，要是有人敢當著我的面汙辱洛琪希是低俗的魔族，我絕對會抓狂。

我認為自己很清楚什麼是不可越過的界線。

剛剛那種講法可以說是我和聖獸大人感情良好的證據，絕對不是因為我輕視對方。

「總之，我想再次借用菲茲學長你的智慧。有沒有什麼教訓方法可以讓我們這邊出一口惡氣，但是沒有過分到會被記恨，不過又能讓對方理解自己做錯事但不會想要報仇呢？」

「這個問題很困難。」

即使覺得困難，菲茲學長還是沉吟著開始思考。

我原本以為他反而會叫我趕快放了兩人。

「我啊，也無法原諒那種不但好幾個人欺負一個人，還搶走並弄壞被害者物品的傢伙。」

原來是因為這樣。

關於這一點，我全面同意。

順便說一下，菲茲學長和札諾巴現在似乎建立起在路上碰到會打個招呼的交情。

所以得知自己認識的人被欺負後，他也挺身而出。去買奴隸那次我也有這種感覺，或許菲茲學長是正義之士。

「好，我有個好方案。」

「哦？」

我覺得這句話是失敗旗標所以還是盡量少講比較好，不過算了。

總之就是因為這樣，這一天我早早結束調查，和菲茲學長一起回到房間。

★★★

一回到房間，首先聞到一股刺鼻的氣味。

地板上有液體，而且整間房裡都有股臭味。莉妮亞和普露塞娜兩人都筋疲力竭地垂著頭……或許我至少該讓她們去上廁所。

因為她們看起來好像很不舒服，所以我用魔術蒸發液體，打開窗戶換氣，然後脫下兩人髒掉的裙子和內褲拿去清洗，還幫忙把身上擦乾淨。

基本上沒有全部脫光，應該不要緊吧。

這樣想的我觀察了一下她們的臉色，發現兩人都一副已經完全放棄的表情。

「你就盡量對我亂來吧喵……不過，如果要把我養在房間裡，希望你至少可以把手銬鬆開喵……不能動實在太痛苦了喵……我不會逃走所以拜託你喵……」

對身為貓系的莉妮亞來說，約二十四小時的束縛時間似乎很痛苦。

「我會當好孩子，所以希望至少可以讓我吃飯的說。我不會半夜亂叫的說……也不會亂咬人的說……我好想吃肉……肚子好餓的說……」

至於普露塞娜，雖然之前都沒發現，不過這傢伙似乎是貪吃角色。

仔細想想，的確第一次見面時她也有在吃肉。儘管如此，她們居然才一天就放棄抵抗了。

果然是因為沒吃飯吧？因為人只要肚子餓了就會變得軟弱。

我鬆開她們身上的手銬。

於是，兩人都在我面前跪下。由於下半身什麼都沒穿，看起來超級誘人。

我的鼻孔忍不住擴張，要是連胯下也可以一起擴張的話就太完美了。

「魯迪烏斯同學……」

在旁邊清洗兩人裙子和內褲的菲茲學長開口說話。

「那個……我看兩人都有在反省，應該差不多可以原諒她們了吧？或許你覺得還不夠痛快，可是一整天無法動彈其實很難熬喔。而且男生宿舍裡有一大堆飢渴的男性，我想她們應該很害怕。」

「是啊喵。」

「每次聽到腳步聲，我都會覺得已經完蛋的說……」

不，據我所知，飢渴的男學生應該不多。

畢竟學生並沒有被禁止外出，如果想找女人，大可以自己去花街，或是找那個最近才入學，聽說是個美女的一年級長耳族就行。難道是因為莉妮亞和普露塞娜四處都跟人結了怨，所以會有危險嗎？

啊～不過以這一帶的民情來說，要是發現兩個被綁起來的女孩子，會直接把對方帶去賣給奴隸商人的傢伙大概也不少吧。

「以後我會聽你的吩咐喵，會成為你的手下好好做事喵。」

「所以希望你能原諒我的說。」

兩人已經充分反省，至少目前看起來是這樣。

「妳們沒有必要勉強聽從我的命令……不過，只有輕視洛琪希的行為絕對不能原諒。」

我只講了這句話，兩人就一臉慘白拚命點頭。

「這當然喵。要是輕視其他人的神明，就算被殺也沒資格抱怨喵。」

「嗚嗚，我回想起被神殿騎士團追殺的恐怖經歷的說……」

「順便告訴妳們，我的阿姨是神殿騎士團的成員。」

兩人的臉色更加難看。

金錢和人脈是越多越好，這話果然不假。

沒多久之後衣服洗好，兩人歡歡喜喜地把內褲和裙子穿上。

為什麼穿內褲的動作會讓人如此興奮呢？以我個人來說，甚至覺得穿上會比脫下更讓我興奮得多。

立場確定，衣服也回到自己身上。

於是，兩人又恢復平常那副調調。

「雖然我說過會聽你的命令，但是禁止你做出會製造出小孩的行為喵。要先好好交往然後結婚，接下來才可以做那種事情喵。」

「沒錯的說，不過我允許你可以偶爾摸一下莉妮亞的胸部。」

「沒錯喵，可以偶爾……為什麼是我喵！」

「因為我的很貴，給我很貴的肉就可以的說。」

雖然兩人是不良少女，但貞操觀念似乎相當嚴格，不愧是公主。

話雖如此，先前那種溫馴態度難道有一半是在演戲嗎？

如果她們真的有反省那就好……

「啊，對了，魯迪烏斯同學。你要小心她們跑來對你放暗箭。」

聽到菲茲同學的發言，兩個人都愣住了。

「喵！等一下，菲茲！你少講奇怪的話喵！」

「沒錯的說！」

「老大是腦子有問題的殘虐混帳喵！既然不知道下次再打輸會有什麼下場，誰會去做那種事情呀喵！」

她說誰是殘虐混帳啊。

講得真難聽。

不過，如果她們把我當成那種人，我也可以高枕無憂。

「……老大，我們是不是差不多可以走了？」

普露塞娜歪著頭發問。是說，叫我老大是怎樣？雖然也沒什麼關係。
「我肚子餓了的說，想回去吃房間裡的肉乾的說。」
「沒錯喵，從昨天傍晚就沒吃沒喝到現在喵……」
講這什麼話……好像是在指責我有錯，她們是不是反省得還不夠啊？
「妳們反省得還有點不夠呢。」
講出這種話的人是菲茲學長。
「菲茲，這件事和你無關吧喵？」
「是啊……法克的說……」
菲茲學長露出有點受打擊的表情。
我忍不住大吼。
「妳們兩個，給我在那裡跪好！」
「是！」
「汪！」
「菲茲學長，還是麻煩你『動手』吧！」
我當著立刻跪下的兩人面前這樣說完，菲茲就從懷裡拿出瓶子和筆。
那是一個裝有黑色墨水的瓶子，還有寫字用的筆。
這就是所謂的「好方案」。

★　★　★

行動結束之後，我的怒氣幾乎都消散了。

「……………菲茲，你給我好好記住喵。」

「法克的說……」

兩人都滿臉憤怒和委屈。她們的眉毛連成一條線，眼皮上畫著眼睛，嘴巴周圍則有一圈活像小偷的鬍鬚。

而且，臉頰上還寫著：

「我是輸給魯迪烏斯的貓」。

「我是輸給魯迪烏斯的狗」。

這是新式的人體彩繪，讓我有點興奮。

「這是某個部族為了在身上留下圖案時使用的墨水，只要詠唱出特殊的咒語，就會留下一輩子都無法消除的痕跡。」

原來有這種墨水。

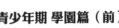

是這世界的刺青嗎？話說起來，我在冒險者時代好像看過好幾次。

「只是用水去洗也沒辦法洗掉。如果妳們敢違逆魯迪烏斯同學，我就會發動魔術，讓這些刺青一輩子留下！」

「我……我知道了喵，別那樣大吼喵。」

「我懂了，我會服從，沒有騙人的說。」

害怕到不斷發抖的兩人用力點頭。

嗯，畢竟這張臉很難看嘛。要是成為一輩子的痕跡，感覺會嫁不出去。

菲茲學長也相當心狠手辣。

「妳們今天可以回去了，不過明天要頂著這張臉過一整天。有照辦的話我就會幫忙消掉，不過，身上的至少要半年以後再說，妳們要記好了！」

「就說知道了，放過我們吧喵。」

「……嗚嗚……」

普露塞娜眼裡含著淚水。順便說一下，她背上寫著相當下流的內容。

如果真的一輩子消不掉，大概連活下去都是一種恥辱。

只是從走廊離開會遭到盤問，所以兩人決定從窗戶出去。

這裡是二樓，她們沒問題嗎？嗯，才二樓應該不要緊。

正要離開時，莉妮亞以突然想到的態度開口發問：

「老大，你明明是魔術師，眼睛卻可以跟上我的動作，到底是做了什麼訓練？」

「我沒有做什麼特別的訓練，就只是遵守師傅的教導，然後確實行動而已。」

是不是應該要說，這是和艾莉絲的訓練發揮了效果呢？

長久以來，我一直認為自己很弱。覺得和艾莉絲的成長相比，自己根本沒有進步。不過或許我們只是進步的速度不同，實際上我也已經變強了不少。

「你的師傅是誰？」

「嗯……應該說是基列奴吧。」

「基列奴？該不會是德路迪亞族的基列奴？劍王基列奴。」

「啊，對啊，就是那位劍王基列奴。」

對了，既然莉妮亞是裘耶斯的女兒，意思是基列奴是她的姑姑。

「…………原來如此喵。」

我回答之後，莉妮亞露出好像對什麼總算信服的表情。

「那麼再見了喵。」

「下次見了，老大。人偶那件事真的很抱歉的說。」

兩人這樣說完，一起離開。

之後，菲茲學長呼了一口長氣。

「真不好意思，魯迪烏斯同學，我明明和這件事無關卻得意忘形。」

「不，學長讓我看到那兩人害怕的樣子，所以其實也好。」

還有更重要的事。

「學長剛剛說這墨水要使用特殊咒語，那如果有其他知道咒語的人，不會造成困擾嗎？」

莉妮亞和普露塞娜似乎沒聽說過這種墨水，不過既然是一種道具，就不可能只有菲茲學長知道正確的內容。一想到萬一有人半開玩笑地對她們詠唱出咒語，感覺好像有點可憐。

「咦？啊……噢，那只是謊話。」

菲茲學長輕描淡寫地說道。

「的確也有那種特殊墨水，不過這個只是用來畫魔法陣的便宜墨水。注入魔力後就會消失的玩意兒。」

菲茲學長邊笑邊解釋。

他看起來就像是惡作劇成功的小孩。

讓我也覺得心裡一暖。

★　★　★

後來，菲茲學長繼續在我房裡待了一段時間。

他顯得坐立不安，好像沒辦法冷靜下來。

而且還一直在我房間裡轉來轉去，只要看到稀奇物品就開口發問。

「那是什麼？裡面裝著什麼東西？」

眼光很高的菲茲學長指向神龕。

「裡面放著我所屬教派的聖物。」

「咦？原來魯迪烏斯同學你不是米里斯教徒啊。我可以看一下是什麼樣子的東西嗎？」

「叫作洛琪希教……請不要打開！」

看到菲茲學長想打開神龕，我急忙出面阻止。

我們這宗教的神物實在太過於神聖，對一般人的眼睛有害。

展示內褲的行為只會嚇到別人，昨天的自己根本是腦袋一時短路。

「啊……抱歉。」

菲茲學長慌慌張張地縮回了手。

後來他繼續東張西望研究這個那個，視線卻突然在床上停下。

還伸手拿起我的枕頭。

「這個枕頭會發出沙沙聲呢。」

「是我自己製作的枕頭。」

棲息於北方大地森林的大師魔木會掉下種子，把種子打碎後，會跑出類似核桃的堅果，而且這種堅果的殼很像蕎麥殼。因此我把這種殼碾碎塞進麻袋裡，外面再包上魔物的毛皮。從完成這個枕頭的那天起，我的安眠獲得保證。

「哦……我可以躺躺看嗎？」

「請。」

菲茲學長擺好枕頭，躺到床上。

「真是個好枕頭。」

「只有菲茲學長你願意給予這種評價。」

講到其他曾經躺過這個枕頭的人，大概只剩下艾莉娜麗潔一個。

但是那傢伙宣稱男人的手臂是更棒的枕頭。

「…………」

菲茲學長即使躺下也不會拿掉墨鏡，這大概是某種個人堅持吧。

他在我面前展現真面目的日子會到來嗎？不，說不定墨鏡反而才是菲茲學長的本體。

……要是我現在突然伸手拿下他的墨鏡，到底會怎麼樣呢？

不，菲茲學長本人說過他一直戴著墨鏡並非只是單純的堅持，而是有某種理由。舉例來說，或許眼睛是讓他產生自卑感的要素。我看還是算了，自己不想被他討厭。

「……」

躺在床上的菲茲學長和我之間暫時只有沉默。

或許是注意到我正在看他吧？菲茲學長撐起身子。

我總覺得他的臉頰有點泛紅，不過應該是自己多心。

「想看嗎？」

聽到他這麼說，我的心跳加速。

什麼？這問題指的是什麼？他到底是在問我想看什麼？

「……看什麼？」

我忍不住回了一句愚蠢的問題。

這還用說，當然是臉啊。推論起來就是這樣。

「看我的臉。」

嗯，果然是臉。

不過到底是為什麼呢？

我總覺得自己在期待他是不是會讓我看看別的東西。

明明菲茲學長是男人，我究竟在期待能看到什麼？自己到底想看到菲茲學長的什麼……

「……」

我隔著墨鏡，和菲茲學長互相凝視。

果然我還是覺得他有臉紅，不過自己的臉是不是也紅了？

「我想看。」

「嗯……」

這樣回答後，菲茲學長把手放到墨鏡的鏡腳上。

然而，他的動作在此完全停止。

嘴唇因為緊張而密合，手指似乎在微微顫抖。

這幅光景看起來簡直像是一個把手放到內褲上的女性。一個在男人面前，正準備主動脫掉最後一件衣服的女孩子……

總覺得自己也緊張起來。

不，我在緊張什麼？而且剛剛那是啥例子，實在莫名其妙。

菲茲學長是那種不好意思以真面目示人的類型嗎？

不，怎麼可能。我想他只是對臉孔，而且還是對眼睛周遭抱有強烈自卑而已。例如有一大片燒燙傷的痕跡，或是眼睛會像變色龍那樣往外突出之類！

嗯，沒錯，肯定是那樣。

「我……」

菲茲學長開了口。

「我只是在開玩笑！抱歉，基於愛麗兒大人的命令，我不可以讓任何人看到自己的臉。因為好不容易被稱為沉默的菲茲並受到眾人畏懼，可是我卻長了一副娃娃臉！」

我錯了。

似乎是上司的命令。

這是當然，我到底在想什麼愚蠢的推論。

「是……是那樣嗎？我也沒有硬要看的意思。」

「能……能聽到你這樣說，實在幫了大忙。」

語畢，菲茲學長以慌張態度從床上跳了下來。

「我差不多該去愛麗兒大人那裡了。」

「好的，辛苦了。」

「嗯，那麼再見，魯迪烏斯同學。」

「謝謝學長的幫忙。」

「不客氣。」

菲茲學長也從窗戶離開。我本來很想吐嘈他為什麼不從走廊，不過走窗戶可能離女生宿舍比較近吧……算了也無所謂。

「呼……」

總有一種鬆了口氣的感覺。

如果剛剛就那樣看到菲茲學長的臉，到底會發生什麼事呢？

總覺得已經落入無法挽回的狀況。

雖然我自己也不確定到底是什麼狀況又怎樣無法挽回，不過卻覺得好像被邀往一個踏入後就再也無法離開的世界。

而且是背景充滿盛開薔薇的世界。

總之，房間裡現在還殘留著一點動物的味道。

我撤下冒險者使用的消氣味粉，然後躺到床上。

枕頭傳來和平常不同的氣味，這是菲茲學長的味道嗎？我並沒有因此感到不舒服。

「話說回來……」

這次自己綁架了兩名女孩，還形成了相當誘人的狀況，但是果然還是沒有恢復的動靜。

而且不管是看是揉都沒有用。

毫無進展。

甚至讓我覺得和菲茲學長兩人獨處的時候好像還比較有效果。

總覺得有點想哭。

★ ★ ★

關於本次事件的後話。我在隔天消掉那些塗鴉之前，先叫札諾巴來看過。

雖然札諾巴一臉「光是這樣無法平息本王子怒氣」的表情，然而被我吐嘈他這次幾乎什麼事情都沒做，再拿出雖然只是應急處置但已經修理過的洛琪希人偶後，札諾巴立刻眉開眼笑，原諒了莉妮亞和普露塞娜兩人。

另外，我監禁她們的行為原本差點演變成問題，不過……

「就說沒什麼大不了的喵！沒事的喵！只是決鬥輸了所以被他帶去房間在我們臉上亂畫而已喵！」

「是啊……什麼都沒發生的說……真的什麼都沒發生的說……（抖抖抖抖）」

因為兩人如此堅稱，最後並沒有發展成嚴重事態。

實在可喜可賀。

閒話「希露菲葉特2」

今天，我又看到魯迪，看到他在走廊上。

這陣子經常看到他。

明明在短短幾個月前，魯迪都一個人有氣無力地行動，現在看到他和札諾巴、茱麗、莉妮亞或普露塞娜等人在一起的次數卻變多了。

我沒辦法去找那樣的魯迪搭話。

白天，自己必須一直跟在「公主大人」的身邊服侍她。

如果可以的話，我很希望由魯迪那邊主動來找我，但是看樣子他並沒有想到我。

至今曾經多次視線交會，魯迪卻不會特地跟我搭話。

我想，他一定是只把我當成「公主大人」的「隨從」之一吧。

自己還在胡思亂想時，魯迪已經和普露塞娜一起離開，前往治癒魔術教室。

……為什麼是普露塞娜呢？

魯迪果然比較喜歡那種女孩嗎？

畢竟他也是諾托斯一族，是不是喜歡胸部大的女孩呢？

普露塞娜的胸部大到即使從遠方也看得出來。雖說獸族的女孩都很豐滿，莉妮亞當然也不例外，不過普露塞娜更有分量。

莉妮亞和普露塞娜稱呼魯迪為老大，對他很敬畏。再加上同樣是特別生，所以彼此沒什麼距離。

該不會他們已經成了那種關係？

要不然，我不懂魯迪和普露塞娜一起去上治癒魔術課的理由。

不，魯迪很熱心學業，或許只是單純視為學習的一環才去選修治癒魔術……

不過，還是沒有必要和普露塞娜一起去吧……

上課時，他是不是也會坐在普露塞娜旁邊，教導她很多事情呢？

就像以前教我魔術那樣……

兩個人一起看同一本教科書，臉越貼越近……

唔～總覺得有種煩悶感。

「怎麼了？」

這時，因為「公主大人」突然對我搭話，自己總算回神。

不知何時已經到達學生會室。周圍也只剩下我們，沒看到其他人影。

「沒事。」

有外人在場時我會盡量使用恭敬語氣，不過平常的講話態度就沒有那麼拘謹。

「公主大人」並不會因為這種事情而責怪我。

「是嗎？可是妳剛剛好像在看魯迪烏斯。」

「公主大人」笑了。

這一定不是那種假裝出來的虛偽笑容，而是覺得我看起來很有趣的笑容。

「就說沒什麼嘛。」

我忍不住有點不高興。

「因為只要魯迪烏斯經過，妳就會去看他。」

「不行嗎？」

「不，並沒有什麼不行。」

「公主大人」這樣說完，表情卻蒙上陰影。

「只是……對於魯迪烏斯不記得妳的態度，總是會讓我有點惱怒。」

「咦？」

「明明妳對魯迪烏斯一片真心……他卻完全不記得，對吧？」

「是沒錯……可是……那個，我也沒告訴他自己是誰，或許他其實還記得。」

我只看一眼就認出魯迪烏斯，他卻沒有認出我。

這件事讓我的內心變得很膽怯。

我正在想這件事，「公主大人」卻以驚訝表情看向這邊。

「……妳沒有對他明說妳是誰嗎？」

「啊……嗯，我沒有講自己的名字。」

「噢，原來是這樣……因為妳說他不記得，我還以為……」

老實回答後，「公主大人」帶著似乎很困惑的表情轉向「騎士」那邊。

「騎士」也皺著眉頭。

「我說妳，連自己的名字都沒有說出來嗎？」

「因為這也沒辦法啊……萬一講了名字結果魯迪還是說不記得，我真的會瘋掉。」

我嘟著嘴這樣回應後，「騎士」露出覺得「糟了」的表情。

就是那種好像闖了什麼禍的表情。

「你那表情是怎麼回事？」

「不，沒什麼，一點小事。」

「騎士」似乎有什麼不知該怎麼啟口的事情。

說不定是因為我沒有對魯迪報上名字，讓「騎士」也誤會了什麼事情。

「愛麗兒大人，您怎麼看？」

「這個嘛……看起來……她似乎比我們想像得還膽小。」

雖然他們壓低音量，但我還是可以聽到。

我當然無法反駁，因為自己真的很膽小。

「……不過就我的看法，我認為看到這麼顯眼的頭髮還沒認出希露菲的魯迪烏斯很薄情。」

「也對。」

聽到他們這麼說，我按住自己的頭。

按住從小開始，就一直被拿來嘲笑的頭髮。

可是就算看到我的頭髮，魯迪也不可能察覺。因為……

「……愛麗兒大人，這件事可以交給我處理嗎？」

「路克，你有什麼好辦法嗎？」

「魯迪烏斯也具備諾托斯的血統，只要找個豐滿女孩塞給他，就能簡單地……」

「不行！」

辦公室裡突然響起大吼聲。

我有一瞬間並不明白那是誰的聲音。

但是，因為「公主大人」和「騎士」都看向這邊，讓我明白那是自己的聲音。

大聲吼叫的人正是我自己。

理解這件事後，我不由自主地掩住嘴巴。

「……對不起。」

首先，我針對自己向身分更高的兩人大吼大叫的行為道歉。

他們並沒有責怪我這件事，只是用複雜的表情看向對方，開始嘀嘀咕咕地討論。

這次真的很小聲，我聽不到對話內容。

是在討論要如何處置我嗎？

還是在討論要如何處置魯迪？

儘管無法確定，總之我沒什麼好預感。

「希露菲。」

「是。」

「我可以問妳一件事嗎？雖然是以前也問過好幾次的問題。」

是什麼呢？

不過，感覺「公主大人」並沒有生氣。

這表情應該是為某事感到心焦時的表情。

或許是因為知道我其實連名字都沒說，所以她感到煩躁。

「妳是不是有自己想做的事情？」

「……………沒有，我現在想為愛麗兒大人做事。」

沉默一會之後，我如此回答。

於是，「公主大人」抬高下巴，擺出彷彿帶有輕視的姿勢。

難得看到「公主大人」擺出這種姿勢。不過，雖然她瞇起眼睛，但看起來也很像是在笑，不像是心情很差的樣子。

「是這樣嗎……」

「愛麗兒大人，該怎麼辦呢？」

「或許她自身並沒有察覺。」

其實，我明白「公主大人」想說什麼。雖然明白，我還是沒有回答。

或許這也是一種背叛行為。

「希露菲。」

「是。」

她又叫了我的名字，我以鄭重的心情看向「公主大人」。

結果，她對著我笑了。

不是平常那種很像人偶的笑容。

而是一種好像能讓人安心的笑容。

這種笑容，一年大概只能看到一兩次。

不，我沒有看過那麼多次。

自己是在哪裡看過呢？

當著困惑的我，「公主大人」開口說道：

「魯迪烏斯的事情並不是那麼急。利用『菲茲』也沒關係，看妳想怎麼做就怎麼做吧。」

聽到這句話，讓我回想起來。

這個笑容是我剛認識「公主大人」那時，她臉上常常出現的表情。

也是來到魔法都市夏利亞後，至今都沒能看到的表情。

是一種無憂無慮的爽朗笑容。

當天晚上。

待在房間床上的我用被子裹住自己，再度仔細思索。

什麼是我現在想做的事情？

其實自己很明白，好幾個月前就已經確定。

長久以來一直很清楚。

我想和魯迪建立良好交情。

我想和他像以前那樣成為朋友，再度建立起可以無憂無慮歡笑、玩耍，讓他教導我很多事情的那種關係。

不是我跟「公主大人」之間的那種關係。

而是和魯迪對等，像是和他並肩站在一起的關係。

這就是自己現在想做的事情。

不，是從以前還在布耶納村那時，就一直想做的事情。

可是，那樣一定會成為和「公主大人」的目的不同的事情。

「……」

「公主大人」希望魯迪成為她的部下。

但是，魯迪顯然有在躲避「公主大人」他們。因為魯迪很聰明，說不定他已經隱約察覺出這一點。

如果我為了和魯迪再次建立關係而靠近他，「公主大人」理所當然也會出面。

那樣一來，或許會被魯迪誤會。說不定他會生氣，認為我是打著那種算盤才接近他。

不過他也有可能不會生氣。說不定魯迪也會跟其他人一樣醉心於「公主大人」，願意服侍「公主大人」，協助她達成目的。

「唔唔……」

我討厭那樣。

為什麼討厭？

我知道，這點我也很明白。

因為自己不希望魯迪變得跟其他人一樣。

我不想看到成為「公主大人」的部下，跪著聽令的魯迪。

我知道「公主大人」是基於這種目的才把魯迪叫來這間學校。

自己當初也沒有反對。

可是到了現在，看到在學校裡開心過生活的魯迪，讓我覺得……

對我來說，魯迪是特別的人。

而且，我希望這個特別的人能一直特別下去。

我不願意看到他跟其他人一樣。

魯迪不能成為自己朋友的部下。

「……」

我想要和魯迪建立良好關係，但是不希望他和莉妮亞與普露塞娜感情太好，甚至對於自己應該想幫忙的「公主大人」，我也不願意魯迪去成為她的部下。

還有，自己希望他能怎麼樣呢？

就算是我，也能明白這種想法到底是怎麼一回事。

「嗚～……」

重新做出這種結論後，我總覺得很不好意思。

我忍不住抱住被子，在床上縮成一團。

一邊感覺到自己的臉頰越來越燙，同時用力閉緊雙眼。

自己是希望……和魯迪建立起特別的關係。

終章

忙東忙西之間，我不知不覺已經入學三個月。

學校生活很單調。

早上起床，進行各種健身運動和魔術訓練，吃完早餐後去上課，然後吃完午餐後去圖書館調查，回來吃晚餐，做完複習和預習後睡覺。

每天都在重複這樣的生活，真的很單調。

但是如果要宣稱自己過得不快樂，我就是在說謊。

生前，我是個家裡蹲。

雖然有念完國中，不過高中就沒有好好去上課，大學當然更不用說。

這裡有國中時代沒有的學校餐廳，還有選擇式的授課制度，課程內容也全都是自己有興趣的東西，怎麼可能會過得不開心。

只是啊，這大概也是因為我久違地重回校園吧。

所以單純是基於懷念感和新鮮感，也就是所謂的回憶加分。

要是繼續待個幾年，說不定我會感到厭煩。

算了，那種事可以到時再說。畢竟這不是義務教育，這世界也不是文憑至上主義，沒有必要勉強賴在學校裡。

不過呢，我現在是因為有該做的事情才來到學校。在解決問題之前，應該會繼續就讀吧。

當然，想來也不會那麼快就覺得厭煩。

而且這三個月以來，自己並不是一直過著千篇一律的生活。

沒錯，雖然不多，但還是有一些變化。

首先是茱麗。

我和札諾巴以及菲茲學長三個人一起去買下的礦坑族奴隸少女。

擁有一頭蓬亂橘色頭髮的她，主要是由札諾巴負責照顧。

札諾巴雖然身為王族，而且對人偶以外都沒有興趣，卻把茱麗照顧得很周到。

不但教導茱麗學習語言，讓她有得吃有得穿，還為她準備了睡覺的地方。

與其說是在豢養奴隸，更像是把她當成弟弟妹妹對待。
畢竟札諾巴原本想用自己死去的弟弟名字來幫茱麗命名，我想他心中一定有什麼想法。
我還以為札諾巴這個人只對人偶有興趣，卻在這次窺見他心中具有人情味的一面，讓我沒來由地感到高興。
茱麗也很親近札諾巴。
不管札諾巴講什麼她都願意聽從；無論札諾巴要去哪裡，她都會像追隨母鴨的小鴨那般緊跟在他身後。
當然這多少也因為她是奴隸，然而就算沒有說出口，還是可以看出茱麗對札諾巴是怎麼想的。
只是，她看著我的眼神偶而會出現恐懼的神色。
正在教導她的時候還沒問題，可是一旦她做什麼失敗了或是沒能辦到我的要求，茱麗就會嚇得身體一震，還躲到札諾巴身後道歉。
這態度就像是把我當成只要看什麼不順眼就會立刻邊怒吼並揍人的暴力教師。
實在沒禮貌。
明明我對茱麗別說動手，甚至連大吼大叫都不曾有過。
「札諾巴……為什麼茱麗會怕我怕成這樣？」
「唔……」

洩氣的我試著找札諾巴商量，他給了我一個解答。

「在礦坑族的童話中，有一個叫作《洞穴怪物》的故事。」

洞穴怪物。

這個怪物住在洞穴的最深處，平常不會現身。

然而怪物最喜歡壞孩子，會慢吞吞地離開巢穴，拐走壞孩子。

就算壞孩子想要逃走，也會因為腳邊不知何時成了泥沼所以無法逃走，最後被怪物裝進袋子裡帶回洞穴深處。

被抓去洞穴深處的壞孩子會在某一天突然回來，不過那時已經變成判若兩人的好孩子。好啦，那麼壞孩子到底有什麼下場呢？據說就是這樣的故事。

「她可能是看到莉妮亞和普露塞娜的遭遇，所以聯想到這個故事吧。」

聽札諾巴這麼一說，我才想起來自己的確是使用泥沼來打倒莉妮亞和普露塞娜，還把她們裝進袋子裡綁架並監禁。然後在札諾巴與茱麗不在場的情況下找菲茲學長幫忙，完成處罰。

之後，莉妮亞和普露塞娜變成不會對我口出惡言的好孩子。

看在茱麗的眼裡，或許會覺得我就是洞穴怪物。

儘管我不至於勉強她必須喜歡我，不過要是怕得太誇張，好像也會有點不舒服。

今後，教導魔術時都不要斥責她吧。

成功時要摸著她的頭開口稱讚，然後給點心作為獎賞。

不，那樣的話根本成了寵物……真難拿捏。

講到變化，不能不提一下莉妮亞和普露塞娜。

兩人在那次事件後，開始稱呼我為「老大」。

她們並沒有幫我拿包包，也不會像部下那樣跟在我身後。

只是看到我時會低下頭致意，走在路上面對面相遇時也會讓路給我。

而且，並不是那種畢恭畢敬的感覺。

「喲～老大，你今天也很早來喵。」

「早安的說。」

現在開班會時，她們會自在地跟我搭話。距離也很近，就在我和札諾巴的座位隔壁。

「兩位最近比較不拘謹了呢。」

「要表現得更恭敬一點比較好嗎喵？可是我們不太擅長用恭敬語氣講話，所以講一講大概就會現出原形喵……」

「敬意是真的，我會對強者搖尾巴的說。」

普露塞娜邊說邊晃動自己的尾巴。

最近，跟莉妮亞的距離似乎也變近了。

雖然是這種語氣，不過至少她們好像有反省以前的行為，也沒有莫名反過來懷恨我，這下總算可以放心。

而且最重要的是，有年輕女孩跟在身邊果然很好。

會讓周圍增添光彩，比一整天都看著札諾巴真是好太多了。

順便再說一下，自從這兩個傢伙擺出這種態度，學校裡那些像不良分子的學生們也開始會避開我，這是好事。

光是讓我以後不會又被那種人糾纏，就已經很有意義。

班會結束後，我準備離開校舍。

今天也要隨便上個課，然後去圖書館和菲茲學長一起開心研究。

「嗨～魯迪烏斯。」

我抱著這種想法踏出校舍的那瞬間，艾莉娜麗潔就對我搭話。

「短短時間你就增加了不少朋友呢。」

「朋友……？噢，是啊。」

除了札諾巴和菲茲學長，聽她這麼一講，其實莉妮亞和普露塞娜也類似朋友。

茱麗雖然不太一樣……嗯，算進來也沒問題吧。

三個月認識了五個朋友。

不愧是學校這種地方，明明我沒特別想要多交朋友，結果卻一直增加。

要是保持這種進度繼續下去，一年會認識二十個朋友。
據說這間學校是七年制，這下可以交到一百個朋友耶。
「不過居然都是女孩子，不愧是保羅的兒子。」
「並沒有都是女孩子吧。」
「保羅以前也說過類似的話。」
的確，我周圍的女孩子增加了，但是茱麗不算數吧。
不，雖然在三個月的期間外，可是如果把艾莉娜麗潔也算進來，女性的確比較多……
不過呢，艾莉娜麗潔的年齡不能說是女孩子。
話說起來，講到變化，艾莉娜麗潔也是變化之一嗎？
從我們進入這間學校就讀之後，我和她有機會接觸的次數變少了。雖說原本就沒有什麼很深入的關係，但現在是幾天來看我一次的程度。
說不定她也在充分享受學校生活。
「是說，艾莉娜麗潔小姐，難得妳前來這種地方，是不是有什麼事情？」
「嗯，我想找你借個東西。」
「我的沒辦法用，請妳去找別人吧。」
她的學校生活跟我有點不同，是一種要是在我的前世肯定早就遭到逮捕的享受方式。
「不是啦，我把魔術教本忘在宿舍裡了。要回去拿很麻煩，可以借我用一下嗎？」

這樣的她好像姑且也有乖乖聽講。

我不知道身為Ｓ級冒險者的她要學習什麼，不過以前曾經從基列奴那裡聽說過就算冒險者層級很高也因為不會使用魔術而吃了很多苦的往事。所以或許艾莉娜麗潔是認為至少學會初級魔術也不會有什麼壞處。

「真沒辦法……我也只有一本，請妳下次不要再忘了。」

話雖如此，她果然還是沒有太認真去學吧。

「謝謝你啦，這個人情我改天再還。」

艾莉娜麗潔這樣說完，就揮著手離去。

那麼，今天一天也好好加油吧。

★★★

這時，魯迪烏斯並沒有察覺到看向自己的兩個視線。

一個來自背後，是一名剛走出班會用教室的少年。

他保持滿臉不高興的表情，把視線從魯迪烏斯身上轉開，準備回去上自己的後續課程。

另一個來自上方。

來自一間位於研究樓的最高樓層，窗簾全都緊閉的房間。

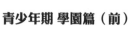

從那裡隱約露出一雙眼睛，目光絕對算不上尖銳，視線本身也並不強烈。

然而如果正好有哪個人抬頭往上看，恐怕會嚇到發抖，或是會驚訝到瞪大雙眼吧。

因為視線的主人，臉上戴著一張沒有花紋的純白面具。

此外，在魯迪烏斯開始順利過著學校生活的同一時期，東方的盡頭也有動靜。

從北方大地最東邊的畢黑利爾王國再往東，越過大海會到達的島嶼。

被稱為「鬼之島」的小島。

在這個地方，住著名為「鬼族」的特異一族。

額頭上長著角，擁有紅黑色頭髮，以被稱為「鬼神」的強大武人為首領的戰鬥集團。

他們就是「鬼族」。雖然是魔族之一，但是當年並沒有參加人魔大戰和拉普拉斯戰役。

因此，人們不把他們視為魔族，而是當成和長耳族與礦坑族類似的種族。話雖如此，鬼族基本上不會離開鬼之島，所以知名度很低。

不知道世界上有鬼之島的人甚至比較多吧。

他們是一種排外的種族，和鬼族保持友誼關係的人族只有畢黑利爾王國，闖入他們地盤的外地人會遭到毫不留情的攻擊，最後全滅。

然而就算是這樣的種族，還是會對自己認同的客人敞開心扉。

目前島上就有一個客人。

他原本搭乘海人族的船隻旅行，卻在靠近這個島的時候基於興趣而上岸。鬧了一陣天翻地覆後獲得「鬼神」的認同，最後被當成客人對待。

因此，這個人在待起來很舒服的鬼之島落了腳。

他以平易近人的態度和「鬼神」一起喝酒閒聊，有時候會指導鬼族的年輕人練武。

這樣的生活持續了大約兩年。

對於已經度過幾千年的客人來說，兩年的時間就如同一剎那。

但是有一天，這個客人收到了一封信。

這是被作為緊急委託，由習慣旅行的Ｓ級冒險者負責迅速送達的信件。

內容很簡潔。

「在魔法三大國找到要找的人。幾個月後，將前往拉諾亞王國的魔法大學。」

看了這封信，客人站了起來。

鬼神確認信件內容和客人表情後，開口發問：

「你要走了嗎？」

客人以誇張動作點頭，回答這個問題。

「嗯，差不多該走了。」

得知這件事的鬼族們紛紛開口挽留。

「以後島上會變寂寞……」

「別走啊，我還有好多事想請你教導！」

「住在這裡不是很好嗎？島上的每個人都很欣賞你啊！」

聽到眾人的發言，客人點了點頭。

「吾是很想那樣做。可是人族的壽命很短，要是在這裡悠哉度日，說不定對方會死掉。雖然在此停留的時間短暫，但本人過得很愉快。以後再會吧。」

不過，鬼族的領導者「鬼神」並沒有挽留客人。

只說了要他保重。

鬼神的發言就是鬼族的決定。

「是嗎……既然頭子如此決定……」

「實在沒辦法……」

儘管依依不捨，其他的鬼族成員還是服從了決定。

然而不捨的情緒並不會就此消失。

「那麼，要不要至少辦場宴會？」

在這個提議下，鬼族的村落舉行了一場盛大的宴會。

宴會中舉辦了各式各樣的餘興活動，例如類似相撲，由對自身實力有信心的鬼族成員彼此競爭的比賽；或是較量酒量的喝酒大賽等等，讓鬼神和客人都非常開心。

於是，客人在歡送下離開。

某天突然來到這個島，在村裡當了近兩年食客的隨和男子。

和鬼神戰鬥並敗北，卻在隔天復活，不管被打倒多少次還是能夠復活，不知不覺之間和鬼族們建立起交情的不死身之男。

一個擁有漆黑皮膚和六隻手臂的彪形大漢。

「呼哈哈哈哈！等著吧！」

他邁步往西邊衝刺。

某個國家因為他突然來襲而大吃一驚，使出大量上級魔法攻擊；又有某個國家因為他突然來襲而大吃一驚，因此準備了貢品。

然而他卻無視一切，一個勁地往西邊衝刺。他翻過山脈，越過深谷，以幾乎凌駕人族情報傳播速度的腳程移動。

在各國打算查出他有什麼目的時，他已經通過一個國家，到達下一個國家。

往西，再往西。

以壓倒性的速度往西前進。

他的目的地，是拉諾亞王國……

外傳
「茱麗葉特・禮儀」

某天的午餐時間。

我和札諾巴以及茱麗一起在餐廳外吃飯。

土魔術製造的椅子坐起來多少有點不太舒服，也多少會引起眾人側目，然而在太陽下享用的午餐別有一番情趣，甚至最近還有人模仿我們開始在戶外吃飯。

尤其是在餐廳一樓吃飯的階級中有很多那樣的人。

這階級的人原本就對在戶外吃飯的行為沒什麼抗拒感。

只是，這種人做事也比較沒規矩。

現在就可以看到一些吃飯時不使用叉子或湯匙，直接用手抓的傢伙。

我和札諾巴也就算了，但是周圍如果有那種人，會讓茱麗去模仿──

「啊。」

看了一下茱麗的情況，發現她正在用手直接把培根抓起來吃。

「不行，要好好使用叉子。」

我趕緊阻止她，結果茱麗卻嚇得身體一震，培根也掉到盤子上。

看到這模樣，札諾巴聳了聳肩。

「師傅，這點小事有什麼關係呢？」

「不，還是要改掉會比較好吧？用手抓太沒規矩了。」

「唔……在西隆，有時候也會直接用手拿食物來吃啊。」

「可是基本上會用餐具吧？這方面在一開始是最關鍵的時期。」

我邊回答邊看向茱麗，注意到她正在把胡蘿蔔撥到盤子邊緣。

這附近的胡蘿蔔跟生前的不同，吃起來有苦味又帶著土臭味，的確是不好吃，但……

「唔，不可以把胡蘿蔔留下來，要吃掉。」

「師傅……有什麼關係呢，那一點東西而已。」

「不行。」

聽到我斬釘截鐵地否決後，札諾巴挑起一邊眉毛，似乎不太高興地抿緊嘴巴。

「這是因為茱麗是奴隸嗎？的確，如果考慮到她的奴隸身分，沒把我們給她的食物全部吃完或許是一種不可原諒的行為。但是，決定要盡量不把茱麗當奴隸對待的人不正是師傅您本身嗎？」

「不是因為那樣。該怎麼說……我覺得要是抱著『討厭的事情就可以不要做』的觀念，將來碰上什麼關鍵場面時就會沒辦法好好努力。」

「唔？可是，幸好本王子手頭寬裕，不需要擔心沒錢吃飯的狀況。如果窮到連飯都沒得吃，那麼本王子當然也會去考量這種問題，但是現在並不是那樣……對吧？」

我看了茱麗一眼，她盯著胡蘿蔔看的表情很像是營養午餐沒吃完所以被老師強制留下來繼續吃的小學生。

簡直是在表示自己因為欠缺正當理由的指責而受罰。

「……唔。」

不過，或許真的沒有「正當理由」。

回想起來，我在冒險者時代碰過一大堆直接用手抓食物的傢伙，魔大陸上也有用手吃飯是特有文化的種族。

雖然心裡還是有點疙瘩，但我也有可能是受到生前知識影響而提出了不合理的要求。仔細想想，其實生前也有用手抓東西吃的文化，例如螃蟹、洋芋片或是熱狗之類。

我個人覺得還是該改掉比較好，不過或許只是我太在意了。

「如果師傅您堅持無論如何都要改掉，那麼本王子也會留心這方面，不過這畢竟是和製作人偶沒有關係的事情……」

我認為這是為了茱麗好，然而她將來很有可能會過著根本不會被要求到這方面的人生。優雅的餐桌禮儀並不是工匠必須具備的條件。茱麗成為札諾巴的專屬後就是王室認證工匠，想必也會碰上要用到餐桌禮儀的場面，可是僱用她的札諾巴如果宣稱茱麗並不需要懂那些，大概也不會有什麼人繼續追究……

「發生什麼事？」

我正在思考，這時有人從後面對我搭話。

回頭一看，原來是艾莉娜麗潔。她似乎已經吃完午餐，嘴邊還沾著一點醬汁。

「沒什麼，我們只是針對茱麗的餐桌禮儀討論了一下。例如不可以用手抓，還有不可以偏食之類。」

「是喔。」

「艾莉娜麗潔小姐覺得如何？」

「這個嘛……」

我提問之後，艾莉娜麗潔先是思索了一下，接著好像想到什麼邪惡主意，突然咧嘴一笑。

「茱麗，妳要好好看清楚。就算用手抓，也只要這樣做就可以了。」

她伸出手指從我的盤子裡捏起一條厚厚的培根，舉高之後再抬起頭張開嘴。

這抬高下巴的動作讓脖子到鎖骨附近的潔白肌膚更加顯眼，令人不由自主地把視線放到她的胸前。再加上紅色舌頭逐漸靠近粉紅色培根的光景也很妖艷，讓人產生很想幫她舔掉嘴邊醬汁的某種糟糕聯想……

「沒規矩！」

我忍不住一巴掌打向艾莉娜麗潔的後腦。

「哎呀！」

被打的衝擊讓培根脫離她的手飛往半空，畫出拋物線逐漸落向地面。

下一瞬間，傳來噠噠聲響，然後冒出某個影子接住即將落地的培根。

「呼，好險的說。」

原來是普露塞娜。

她精彩地直接用嘴接住培根，然後迅速塞進嘴裡活像是不願意交給任何人，等到把培根吞下去之後才靠近這邊。

一臉不以為然的莉妮亞也跟了過來。

「就算是老大，也不可以浪費肉的說。如果是因為吃飽了所以不想要了，我可以全部接收的說。」

普露塞娜雖然一臉憤怒，不過大概是培根很好吃吧，她的尾巴搖到簡直成了電風扇。

莉妮亞沒有理會這樣的普露塞娜，以很有興趣的表情看著我們幾人。

「吵架了？真難得喵，札諾巴居然會頂撞老大喵。」

「我並沒有頂撞，只是彼此意見有一點不同而已。」

「講這種話真的沒問題嗎喵？要是讓老大不高興，搞不好以後就不願意幫你製作你最喜歡的人偶了喵。」

「哼！師傅才不是會因為這種小事就故意刁難的心胸狹窄之人。」

看到札諾巴以尋求同意的表情看向這裡，這份信賴讓我深受感動。

沒錯，我並沒有感到不快，只是心裡就是有點小疙瘩而已。

「啊，對了。關於這件事，我想請教兩位一個問題。」

「什麼問題喵？」

「是關於餐桌禮儀……」

我把先前的來龍去脈告訴兩人。

問她們對用手抓東西吃的行為還有偏食有什麼意見。

「禮儀很重要的說。」

於是，普露塞娜立刻往前踏了一步，一副吃飯的事情問她就對了的態度。

「尤其是吃飯時絕對不可以用手直接抓來吃的說。」

普露塞娜雖然一臉得意，但是她手上抓著肉乾，而且從剛才啃到現在。

毫無疑問是用手抓東西來吃的行為，讓她的發言毫無說服力。

也有可能對普露塞娜來說，這樣不算是吃飯。

「先不管普露塞娜毫無說服力的發言，身為淑女，禮儀是很重要的喵。偏食更是絕對不可以的行為喵。」

「吃肉是例外的說。莉妮亞妳的話才沒說服力，之前沒把葡萄乾吃掉。」

「那是人類吃的東西喵，吃下去會鬧肚子喵。」

「聽起來就是藉口的說。」

瞪著對方的兩人都一樣毫無說服力。

果然問她們意見是錯誤的決定。

明明嘴上主張應該是正確的理論，但是我總覺得會茱麗變成一個方向錯誤的淑女。

「……」

看吧，茱麗也是一臉困惑。

「咦？大家聚在一起是出了什麼事？」

這時，菲茲學長也來了。

「學長你來得正好，請聽我說！」

「咦？什麼？」

菲茲學長不但平常就以阿斯拉王族護衛的身分生活，本身也很有氣質。

我想這樣的他應該對正確答案一清二楚。

「其實是如此這般。」

「如此……哪般？」

「其實是我們在討論茱麗的餐桌禮儀。」

因為光講如此這般沒能讓他聽懂，我做出仔細說明。

於是菲茲學長把手搭在下巴上，先沉吟了一會後，才猛然抬起頭。

「現在還不必顧及這部分吧？」

「……哦？理由是？」

我有點意外。

原本以為菲茲學長一定會說應該要立刻學習禮儀。以為他會主張禮儀就跟魔術一樣，只要從小一直使用，水準也會變成一般人的兩倍甚至三倍。

「她目前正在接受魯迪烏斯同學你教導土魔術吧？而且還要幫忙札諾巴同學處理生活雜務。有很多要學習、要記住的事情，我想應該是很辛苦的時期。而且禮儀有相當多細節要學，說不定會在哪方面變得不上不下。」

「原來如此。」

這話也有道理。

有一派理論認為吃飯和睡覺時最好要放下學習，讓腦子得以休息。

「當然，我認為以後要找機會學習禮儀會比較好，但是等到明年甚至後年再正式接觸這一塊大概也不要緊吧？」

或許是我說明得不太好吧。

我並不是要茱麗正式學習餐桌禮儀，而是要教導她該遵守最低標準……不，其實一樣嗎？

「唔……」

可是，這下成了贊成三票反對三票，勢均力敵。

該怎麼辦才好？雖然好像也不是該用少數服從多數來決定的問題……

「……」

我一邊思考一邊看向茱麗，只見她正一臉不安地觀察周遭。

話說起來，不知道她本人想怎麼做？

雖然我認為餐桌禮儀這種東西還是要懂，不懂的話有可能造成困擾，但是就算完全不懂也不會死，並非絕對必要的知識。

……那麼，要看她本人的意思決定嗎？

既然不是絕對必要的東西，到頭來最大的問題就是茱麗自己的想法。

而且她選擇某一邊後可以形成多數票，不會引起糾紛。

「好，茱麗。妳自己決定吧。」

聽到我這麼說，茱麗看著我露出似乎很驚訝的表情。

一種沒想到自己有選擇權的表情。

「……」

她滿臉困惑地望著周圍。

札諾巴、艾莉娜麗潔、莉妮亞、普露塞娜、菲茲學長。

茱麗的視線把這些人看過一輪後回到我身上，變化成帶有怯意的眼神。

「妳選哪邊我都不會生氣，所以可以選自己喜歡的答案。」

「啊……是……」

雖然我嘴上這麼說，但是心裡卻認為或許這是失敗的決定。

因為仔細想想，茱麗是因為不想吃才把胡蘿蔔往旁邊撥。所以使用叉子的要求也就算了，不想吃的東西既然可以不要吃，那麼當然是不吃了。

不過，其實也沒關係啦。

「……嗯！」

我正在這樣想，茱麗卻伸出手抓住叉子，像是下定決心。

她反手拿著叉子刺向胡蘿蔔，然後一口氣整個丟進嘴裡，閉上眼睛咬了幾次還「嗚」地反胃了一下，才含著淚水用力吞下。

「咕嘟咕嘟……呼……」

最後她先拿起杯子喝水，用鼻子吸了一大口氣，再從嘴裡吐出。

放下杯子後，茱麗看向我這邊。

臉上是充滿達成感，像是在詢問我「如何呢，這樣可以了嗎？」的表情。

「……妳能把胡蘿蔔吃下去真的表現得很好！了不起！」

這表情讓我一時愣住，不過立刻邊稱讚邊摸摸她的頭。

「吃得很好！很棒！」「實在了不起！」「這樣以後就不怕了喵！」「很勇敢的說！」「太好了！」

同樣吃了一驚的周遭眾人也像是受到我的影響，紛紛開口稱讚茱麗。

「……是！」

聽到他們的稱讚，茱麗露出微笑。

認識她之後，這是我第一次看到她露出這種帶有自信與得意的笑容。

我感到很高興。

雖然只不過是一件小事，但是一個年幼少女沒有逃避討厭事物仍舊是事實。

就在剛才，她克服了自己討厭的東西，並藉此獲得自信。這件事讓我高興得簡直像是自己獲得成功。

「從明天起，我會連餐桌禮儀也開始正式教導妳。」

「是。請多……指教，Grand Master。」

我不知道讓奴隸學習餐桌禮儀是否正確。

然而，她沒有逃避困難的行動一定是正確的做法。

看到以認真表情點頭的茱麗，我心裡如此認為。

無職轉生

到了異世界
就拿出真本事

沒有墨鏡
菲茲

人物設定草案
茱麗葉特&菲茲
茱麗葉特
奴隸服
側面

莉妮亞

普露塞娜

人物設定草案
普露塞娜&莉妮亞

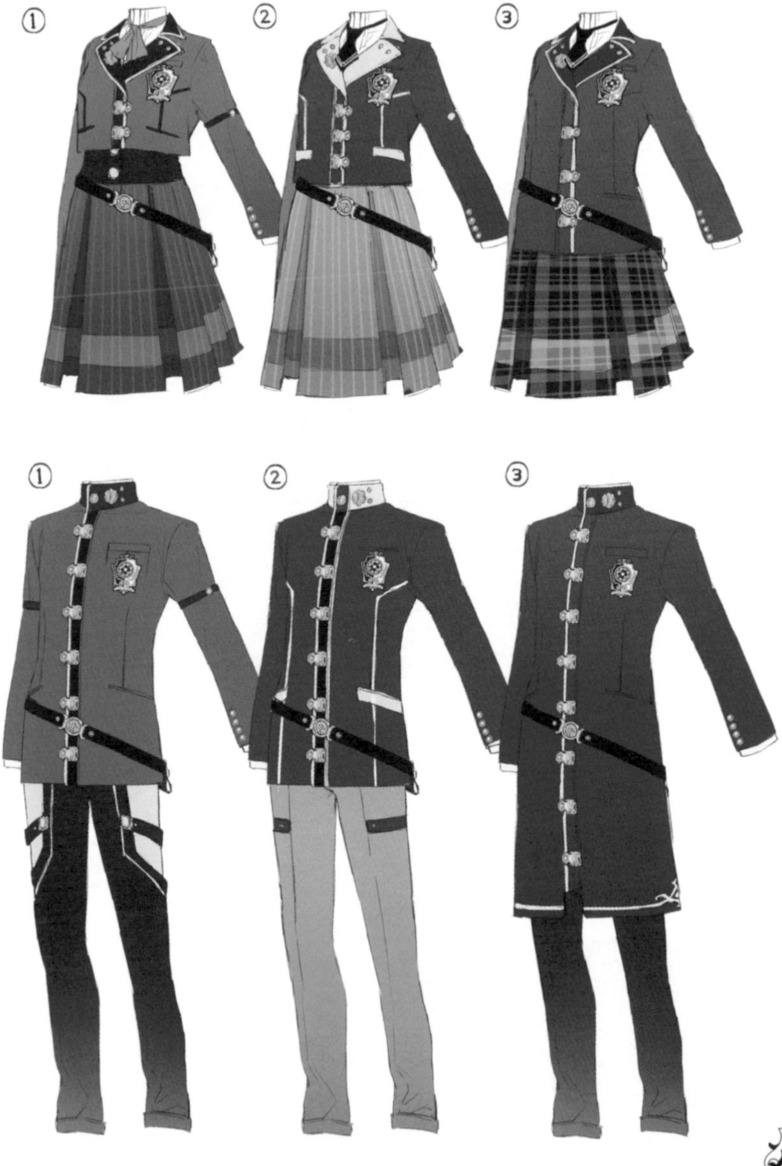
①
②
③
①
②
③

男生制服
決定版
女生制服
決定版
校徽
制服設計案

Kadokawa Light Novels

八男？別鬧了！ 1~8 待續

Kadokawa Fantastic Novels

作者：Y.A　插畫：藤ちょこ

威德林總算和五名未婚妻完婚
艾爾卻因失戀錯過相親大會！

「卡露拉介紹未婚夫」事件為迷戀卡露拉的「騎士」艾爾的精神，帶來了致命、毀滅又壓倒性的傷害，即使用了艾莉絲的祕傳魔法，還是無法讓艾爾恢復。另外，威德林總算順利和五名未婚妻結婚。他們卻在訪問鄰國阿卡特神聖帝國時被捲入政變……

各 NT$180~220/HK$55~68

台灣角川

Kadokawa Light Novels

©Momo Tachibana 2015

我是忍者，也是OL 1 待續

Kadokawa Fantastic Novels

作者：橘 もも　插畫：けーしん

阻止超級虐待狂的忍者美男，
忍者OL陽菜子要拯救公司!?

身為上司卻老愛依賴下屬的和泉澤創，既是董事長金孫又畢業自東大研究所，卻一事無成。他這次幹下的好事，是把重要文件搞丟。為了找回文件同時拯救公司，陽菜子逃離家鄉後便封印住的忍術終於得在這天解禁了嗎？

台灣角川

NT$180/HK$55

國家圖書館出版品預行編目資料

無職轉生：到了異世界就拿出真本事 / 理不尽な孫の手作；羅尉揚譯. -- 初版. -- 臺北市：臺灣角川, 2017.09-
冊；　公分
譯自：無職転生：異世界行ったら本気だす
ISBN 978-986-473-681-2(第7冊：平裝). --
ISBN 978-986-473-797-0(第8冊：平裝)

861.57　　　　106004553

Kadokawa Fantastic Novels

無職轉生～到了異世界就拿出真本事～ 8

（原著名：無職転生～異世界行ったら本気だす～ 8）

２０１７年９月６日　初版第１刷發行
２０２３年10月16日　初版第８刷發行

作　者：理不尽な孫の手
插　畫：シロタカ
譯　者：羅尉揚

發 行 人：岩崎剛人
總 編 輯：蔡佩芬
副總編輯：朱哲成
設計指導：陳晞叡
印　務：李明修（主任）、張加恩（主任）、張凱棋

發 行 所：台灣角川股份有限公司
地　址：１０４台北市中山區松江路２２３號３樓
電　話：（02）2515-3000
傳　真：（02）2515-0033
網　址：www.kadokawa.com.tw
劃撥帳戶：台灣角川股份有限公司
劃撥帳號：19487412
法律顧問：有澤法律事務所
製　版：巨茂科技印刷有限公司
ＩＳＢＮ：978-986-473-797-0